Virgilio García

INVASIÓN DE
PENN Y VENABLES

Batalla naval contra los piratas del Caribe

INVASIÓN DE PENN Y VENABLES
Batalla naval contra los piratas del Caribe

Este libro es una novela inspirada en hechos históricos que sucedieron en La Española durante el siglo XVII. Los nombres, incidentes o lugares son el producto de la imaginación del autor o fueron utilizados de modo ficticio.

Copyright © 2015 por Virgilio García
Primera edición, 2015
1ra. Revisión, 2025

ISBN-13: 978-0692352397
ISBN-10: 0692352392

Publicaciones
Quisqueya USA
3690 W 18th Ave. # 126816
Hialeah, FL 33012
QuisqueyaUSA@QuisqueyaUSA.net

DEDICATORIA

Dedico este libro a mis padres, a mi esposa Vilma,
a mis hijos Michelle y César y a mis nietos,
Leilani, Kaytlyn, Jade, Victoria, Arelys y César

Prefacio

En el año 1654 el Protector del Reino Unido, Oliverio Cromwell, orquestó un plan para conquistar los territorios de América, de gran riqueza natural como la colonia de Cartagena, el Virreinato del Perú y el Imperio Mejicano, todos bajo el dominio de España, además, Cromwell quería tener el control absoluto de las rutas marítimas del Caribe las cuales eran utilizadas para el transporte de metales preciosos, mercancía y esclavos africanos. Para la primera etapa de su ambicioso proyecto, el Dictador ordenó la invasión de la Española por medio de una armada naval, que al llegar a las costas de Santo Domingo contaba con 56 buques de guerra, armados con 1,100 cañones y una infantería de 10,800 hombres. Nunca antes en la historia de Gran Bretaña se había ordenado una invasión militar de tal magnitud.

Después de dos semanas de bombardeos, asedios y enfrentamientos, los españoles de la Colonia de Santo Domingo, quienes en ese momento contaban con sólo 500 soldados, ayudados por unos 200 valientes criollos, resistieron las embestidas de la armada naval más poderosa del universo. El 5 de mayo del año 1655 los generales Penn y Venables, quienes comandaban la invasión, levan anclas en señal de la derrota más deshonrosa que haya sufrido el imperio británico y su gobernante Oliverio Cromwell.

Los relatos históricos mencionados en los párrafos precedentes, fueron los que inspiraron esta novela. Acudieron a nuestra imaginación la ocurrencia de fenómenos supernaturales, encuentro con piratas, la existencia de súper guerreros indios y criollos, todo esto, en la búsqueda de una explicación a la derrota militar más inaudita del siglo XVII. Espero que la lectura de esta novela sea de su agrado.

Virgilio García

Paz de Westfalia

En la ciudades de Munster y Osnabruck, localizadas en Westfalia histórica región situada al oeste de Alemania, entre los meses de enero y octubre del año 1648, se firmaron una serie de tratados conocidos como la Paz de Westfalia. Los principales países participantes fueron Francia, España, Suecia, Los Países Bajos, mejor conocidos como Holanda, Suiza y el Sagrado Imperio Romano, el cual incluía a Hungría, Alemania, Austria y Bohemia. El pacto consistió en una serie de acuerdos entre países que por años sostenían conflictos bélicos por razones territoriales, políticas o religiosas.

La Paz de Westfalia es considerada un hecho sin parangón en la historia de la civilización, ya que nunca antes se había logrado reconciliar tantas naciones y dar fin a tantos conflictos bélicos a la vez. Desde el punto de vista religioso la Paz de Westfalia representó un duro golpe para el catolicismo, a tal punto que el nuncio papal de la ciudad de Munster se negó a firmar el tratado y aunque el Papa Inocencio X lo declaró "nulo y sin valor jurídico", ninguno de los países firmantes prestó atención a la decisión del Pontífice.

A partir de esta fecha cesaría la próspera influencia del catolicismo en Europa, floreciendo a su vez el protestantismo sobre todo en Alemania e Inglaterra. Por otra parte, los acuerdos de Westfalia darían como resultado un nuevo orden político-económico en Europa, ya que entre otras cosas, se da fin a una guerra que durante el transcurso de 30 años se desarrolló en Alemania, quedando el país dividido en unas 60 regiones y económicamente muy debilitado.

Los acuerdos fueron cuantiosos; a continuación enumeramos los que consideramos más significativos:

1.- Se disminuye notablemente el poder del Sagrado Imperio Romano, debido a que se le otorga la independencia a numerosos principados alemanes, a la vez que el naciente imperio de Austria y Hungría es reconocido como una entidad autónoma.

2.- Suiza es reconocida como país independiente.

3.- Suecia adquiere las ciudades de Wismar y Stettin conjuntamente con los territorios de Bremen y Verden.

4.- Francia expande sus fronteras y obtiene los territories de gran riqueza tales como Toul y Breisah, ambos irrigados por el río Rin.

5.- España termina una guerra que había sostenido por ochenta años y le concede la libertad a los Países Bajos, reconociéndoles a la vez todos sus territorios conquistados.

Obviamente España y el Sagrado Imperio Romano sufren la peor parte de los acuerdos, mientras que los más favorecidos son Suiza, los Países Bajos y Francia. Para esta época España ya le había concedido la libertad a Portugal, de modo que la Península Ibérica quedó dividida en dos países, si a esto le sumamos la reciente independencia de los Países Bajos (Holanda), nos da como resultado un notable debilitamiento de España en el orden político y económico. Aunque Inglaterra no participó en Westfalia, indirectamente salió también favorecida, sobre todo por los conflictos internos de Francia y por el deterioro del poderío español, de modo que las nuevas potencias de Europa serían Holanda, Francia e Inglaterra.

Con la industrialización del Viejo Continente y debido al desarrollo de una clase media pudiente llamada burguesía, se produce una gran demanda en Europa de materia prima sobre todo cuero, algodón, madera, metales preciosos, tales como oro, plata, especies, tabaco y azúcar. Esta creciente demanda, sumada a la escasez de tierra habitable en Europa, es lo que motiva, en parte, a que las nacientes potencias se lancen a la conquista de los nuevos territorios de América.

A partir de la independencia de los Países Bajos, los inspirados holandeses, quienes ya poseían la armada naval más poderosa de la época, continuaron sus conquistas extraterritoriales especialmente en el Caribe. En las Antillas ya poseían las islas de Aruba, Curazao, Bonaire y San Martin, además, habían colonizado parte de la costa oeste de África. En el territorio continental americano también poseían Nueva Amsterdam, lo que es hoy New York y en el sur todo el territorio de las Guayanas.

Después del descubrimiento del Nuevo Mundo las nuevas potencias europeas utilizaron un método de conquista muy peculiar, este consistía en autorizar compañías mercantes a colonizar territorios en ultramar a nombre de su país bandera, así resultó, por ejemplo, que muchas de las conquistas a nombre de los Países Bajos fueron realizadas por una compañía privada llamada Compañía Holandesa de las Indias Occidentales. Por medio del financiamiento de compañías navieras mercantes los franceses lograron colonizar parte de Canadá, la costa oeste de África y las islas del Caribe entre ellas Martinica y Guadalupe. La compañía inglesa Indias del Este financió la conquista de las islas de Barlovento, San Cristóbal y Nieves a nombre de Gran Bretaña.

Oliverio Cromwell

Oliverio Cromwell nació el 25 de abril de 1599 en Huntingdon, ciudad localizada en la región de Anglia en el este de Inglaterra. Sus padres, Robert Cromwell y Elizabeth Steward, provenían de familias protestantes, desde temprana edad la formación educacional de Oliverio estuvo muy influenciada por en el fervor religioso de sus padres lo que influyó en que años después se convirtiera en uno de los abanderados del puritanismo anticatólico de la época. Se educó en Cambridge y estudió leyes en Londres; a la edad de 29 años fue electo como miembro del parlamento en representación de su pueblo natal. Su participación fue efímera ya que un año mas tarde el Rey Carlos I disolvió el parlamento y logró gobernar sin legisladores por espacio de 11 años, pero las presiones sociales fueron tan intensas que tuvo que ceder para que se eligiese un nuevo parlamento.

En el 1640 Cromwell fue reelecto al parlamento inglés, esta vez con mucha mayor madurez política ya que para la fecha se había convertido en un líder de la oposición a la monarquía reinante. En noviembre del 1641 el nuevo parlamento le somete al Rey Carlos I una solicitud de reforma constitucional, la cual es rechazada por el rey, provocando fuertes enfrentamientos con la mayoría de la población. Con el paso de los días los conflictos entre el rey y el parlamento se agudizaron a pasos agigantados lo que eventualmente provocó la primera guerra civil de Inglaterra.

Dos poderosos frentes se ven involucrados en uno de los conflictos más sangrientos de la historia de Gran Bretaña. Por un lado, la monarquía que contaba con el apoyo de la clase pudiente, y por otro, el de la Iglesia de Inglaterra, con sus creyentes en el gobierno de la Divina Providencia. Los parlamentarios contaban con el apoyo de la clase media, los pobres, los calvinistas puritanos y todos los que se oponían a una fuerte monarquía.

En el año 1642 Cromwell somete una petición al parlamento para que se le permitiera, siendo miembro del legislativo, enrolarse en la milicia. Oliverio estaba convencido que en esos momentos era su deber defender su región de la intolerante monarquía, pero además, consideraba que todo miembro del parlamento debía tener una buena formación militar. Su petición fue aprobada y se enrola en la fuerza de combate llamada Milicia Parlamentaria.

El gran liderazgo militar de Oliverio Cromwell lo ayuda a escalar en tan sólo 2 años las posiciones de capitán (Batalla de Edgehill, octubre 1642), coronel (Batalla de Gainsborough, julio 1643), teniente general (Batalla de Marston Moor, julio 1644). En enero de 1646 termina la primera guerra civil, pero en enero de 1648 da inicio la segunda guerra civil, esta vez contra los territorios de Irlanda y Escocia.

Irlanda había estado principalmente bajo el control de los Irlandeses Católicos Confederados quienes habían firmado una alianza con la dirigencia del partido político Ingleses Reales. Por los próximos 54 meses Gran Bretaña, Escocia e Irlanda se ven sumergidas en una cruel y sangrienta guerra en la que se produjeron terribles matanzas de personas inocentes.

Las fuerzas de Cromwell vencieron a la Coalición y a los Reales. Fue en una de estas incursiones bélicas que Cromwell conoció a un oficial del ejército británico llamado Robert Venables, a quien años más tarde le sería encomendado uno de los proyectos bélicos más ambiciosos que registra la historia de Gran Bretaña.

El día 3 de septiembre de 1650 Oliverio Cromwell siendo Comandante en Jefe del ejército británico aplasta las fuerzas armadas del rey escocés Carlos II en la batalla de Worcester dando fin a la segunda guerra civil inglesa. Por los próximos 10 años dejarían de existir reyes en Inglaterra. Este período se conoce en la historia como "Entre Reyes" en el que aparentemente se compartía el poder entre el parlamento y Cromwell, pero en realidad Oliverio era el que gobernaba, él logró la aprobación de una serie de duras leyes penales en contra de la iglesia católica así como también la autorización legal para confiscar el territorio irlandés.

La conquista de Irlanda fue extremadamente brutal a tal punto que hasta el día de hoy es tema de controversiales debates, a nivel nacional e internacional, el hecho de que si Cromwell debe ser considerado como héroe nacional o como un cruel dictador quien debió haber sido juzgado por horrendos crímenes de guerra e incluso genocidio.

Control del Canal Inglés

Hacia el año 1651 Holanda y Gran Bretaña se disputaban el control del Canal Inglés, o sea, la porción marítima que separa la parte sur-este de la isla de Gran Bretaña y Europa. Estratégicamente hablando, este canal era extraordinariamente importante ya que por su localización geográfica todas las embarcaciones cuyo destino fuese Londres, París, Amsterdam o incluso los puertos costeros de Alemania, tenían que hacer la travesía por el Canal Inglés. Los holandeses abogaban por el principio de "open mare", o sea, total libertad de comercialización y transporte de productos por todos los mares, sin embargo, los ingleses no compartían esta práctica ya que siempre habían sido considerados por el resto del mundo e incluso ellos mismos se creían ser, los "Señores de los Mares".

A mediados del 1651 Oliverio Cromwell, quien aparte de ser un gran estratega militar, era un verdadero cerebro político, luego de meses de negociaciones, alianzas y acuerdos logra una reforma constitucional influyendo, entre otras cosas, a que el Parlamento Inglés promulgara la ley o Acta de Navegación. Esta ley requería que toda mercancía que fuese importada a Gran Bretaña debía ser transportada en barcos ingleses, más aún, le exigía a toda embarcación sin importar el país de origen, que debían poner sus banderas a media hasta como muestra de respeto, cada vez que tuviesen encuentro con una nave británica.

Estas medidas enfurecieron a los holandeses quienes ya se habían convertido en una de las potencias navales más poderosas de la época. Los capitanes de las embarcaciones holandesas se mofaban a todo dar de los ingleses. Se conoce de conflictos entre ingleses y holandeses desde el año 1623 cuando los holandeses masacraron los pobladores de las posesiones británicas de Bosnya y Amboina en el sur de la India. Desde mediados del año 1651 hasta el 1653 se produjeron una serie de batallas navales entre holandeses e ingleses en la mayoría se imponía el dominio holandés ya que éstos eran excelentes marinos, además su armada naval era muy superior que la inglesa aunque los británicos eran más disciplinados.

En noviembre del año 1652 la armada naval inglesa sufrió una aplastante derrota al ser abatidos por los holandeses en la batalla de Dungeness comandada por el gran Almirante holandés Tromp. Después de la humillante derrota, el gobierno inglés tomó serias medidas para evitar futuras derrotas: sometió a un consejo de guerra a los oficiales que estuvieron al mando de la batalla e incluso se nombró una comisión especial para determinar las causas específicas de la derrota. Una de las personas que integraba esta comisión era el Almirante William Penn, quién con sólo 30 años de edad ya formaba parte de la Real Armada Naval de Inglaterra. Penn era un atlético hombre de unos seis piesy tres pulgadas de estatura, aficionado a la lectura y a la equitación, con una agilidad física impresionante, militar de carrera, muy inteligente y con vastos conocimientos náuticos, históricos y geográficos.

Penn gustaba escudriñar las escrituras de extraordinarios estudiosos e inventores siendo sus favoritos Galileo, inventor del telescopio, Kepler, quien descubrió la refracción de la luz y Evangelista Torricelli, conocido como el padre de la meteorología moderna. Éste ultimo descubrió los efectos del cambio de presión de las capas de aire sobre la tierra, como lo es la variación de los movimientos de los vientos, además inventó el barómetro, instrumento utilizado para medir el peso de las capas atmosféricas sobre la tierra.

El Almirante aparte de poseer un instinto natural para predecir las condiciones meteorológicas de su entorno, había adquirido varios potentes telescopios y barómetros diseñados especialmente para él, de igual modo poseía los instrumentos de navegación más modernos de la época.

Después de examinar algunas de las embarcaciones que participaron en la derrota de Dungeness, el Almirante Penn encontró que la mayoría de los cañones de los barcos de guerra ingleses estaban desajustados e incluso descubrió que muchos no tenían la movilidad necesaria para lograr un ángulo óptimo de disparo. Debido a su gran desarrollo académico y su vastos estudios en geometría y física, Penn sabía que para que el proyectil pudiese alcanzar la máxima distancia de trayecto, el ángulo óptimo de disparo debería ser de unos 45 grados. El Almirante inmediatamente ordenó el reajuste de los cañones, la inspección de las cajuelas cañoneras de las embarcaciones de guerra, además ordenó unos cañones especiales, estos cañones serían más largos y menos ancho y cada embarcación tendría por lo menos dos en la proa y dos en la popa. Al mismo tiempo organizó una especie de seminarios o entrenamientos estratégicos en el manejo de los cañones navales ya que Penn estaba convencido que la previa derrota había sido causada por el mal manejo de la principal arma de guerra que poseían las naves, o sea, sus cañones.

Hacia finales de enero de 1653 la armada naval inglesa se había recuperado; se repararon varias de las naves que quedaron averiadas después de la derrota de Dungeness y se transformaron a naves de guerra muchas embarcaciones que antes habían servido como naves mercantes.

Batalla naval de Portland

En toda competencia o guerra siempre existe un evento que es considerado como el hecho que hace que las cosas "cambien de rumbo" y la batalla naval de Portland en febrero de 1653 fue uno de esos eventos.

Portland es una pequeña isla de unas seis millas de largo por dos de ancho que se encuentra al sur de la isla de Gran Bretaña. Por los dos últimos años los holandeses e ingleses se habían enfrentado en varias batallas tratando de controlar el Canal Inglés. Después de la batalla de Dungeness los holandeses se creían invencibles. A principios de febrero del 1653 se le encomienda al almirante holandés Marteen Tromp la vigilia y custodia de unas 200 embarcaciones comerciales que regresaban a Holanda, Tromp contaba con un fuerte contingente naval formado por unas 15 embarcaciones de guerra.

Para sorpresa del Almirante holandés a la mañana del 18 de febrero de 1653 se encuentra con que los británicos habían enviado cerca de las costas de Portlan 15 barcos de guerra, formados en tres frentes navales, cada uno contaba con 5 barcos de guerra muy bien equipados y llamados de la siguiente forma: Frente Blanco, Frente Triunfo y el Frente Azul, este último comandado por el Almirante William Penn.

El Almirante había jurado honrar el honor británico debido a que las burlas de los holandeses habían llegado a tal extremo, que utilizaban viejas y sucias escobas en sus naves simbolizando la bandera de Gran Bretaña.

La armada inglesa se encontraba al sur de la holandesa, los holandeses tenían el viento a su favor y tomando en cuenta la ventaja de los vientos, el almirante Tromp decide atacar a los ingleses y ataca primero al Frente Blanco. Los excelentes navegantes holandeses siempre se habían caracterizado por su agresividad en los conflictos bélicos navales. Al inicio de la batalla los holandeses causaron fuertes bajas a los británicos logrando hundir una de sus naves y causando serios daños a otros tres barcos de guerra. Después de causar estos daños un segundo flanco holandés atacó al Frente Triunfo, de nuevo los holandeses toman ventaja de tener siempre el viento a su favor y después de maniobrar estratégicamente causan severos daños al Frente Triunfo.

El Almirante Penn teniendo como mayor adversario en ese momento los fuertes vientos en su contra, logra después de varias maniobras navales sacar provecho del Angulo de Velas y acercarse y colocarse en el medio del Frente Blanco y el Frente Triunfo de modo que pudiese atacar a los holandeses de lado y lado. El Frente Blanco era el que se encontraba en más peligro ya que una de sus embarcaciones principales había sido hundida y los holandeses ya casi estaban asediando otra de las naves, cuyos marinos, la gran mayoría, habían muerto o se habían lanzado al mar.

Penn se acercó estratégicamente, de modo que los cañones enemigos no tuviesen oportunidad de tocar sus embarcaciones, sin embargo, sus cañones especiales de largo alcance empezaron a cañonear logrando derribar el mástil, velero principal del mayor buque enemigo, inmediatamente enfiló sus cañones hacia el centro de la embarcación holandesa causándole una fuerte avería que produjo un gran incendio, al poco rato esta embarcación comenzó a hundirse.

La batalla continuó por varias horas, caracterizándose cada enfrentamiento por la destreza naval del Almirante Penn quien fue el verdadero héroe del triunfo inglés en esta batalla conocida como la batalla de Portland en la que los holandeses sufrieron una aplastante derrota con bajas tales como 5 embarcaciones de guerra hundidas, 3 severamente averiadas, 4 capturadas y unas 100 embarcaciones comerciales incautadas. Meses más tarde, después de otros dos encuentros bélicos en los que los holandeses fueron derrotados, termina la guerra entre holandeses e ingleses quedando estos últimos bajo el control del Canal Inglés.

Cromwell, Lord Protector

Después de las victorias navales de los ingleses, Cromwell, siendo un prominente miembro del parlamento, ostentaba el rango de Comandante en Jefe de las Fuerzas Armadas Británicas y era considerado héroe nacional. Tanto Oliverio como sus colaboradores y consejeros, no estaban de acuerdo como marchaban las cosas en el cuerpo legislativo y el 20 de abril de 1653 se presentó en el parlamento acompañado de 2 generales y un grupo de soldados. Después de llamar "corruptos" a algunos, "borrachos" a otros, "hombres sin fe ni moral" a la mayoría, procedió a disolver el parlamento.

Cromwell delegó a sus subalternos militares a "escoger" un nuevo Parlamento constituido por 140 hombres de Inglaterra, 5 de Escocia y 6 de Irlanda. El 4 de julio de 1653 renunció por completo el nuevo Parlamento de la Mancomunidad Británica otorgándole a Cromwell el poder absoluto sin límites sobre las tres naciones: Inglaterra, Irlanda y Escocia. Oliverio nombró un Consejo de Estado compuesto por individuos de su entera confianza. Meses más tarde, exactamente el 16 de diciembre de 1653, el nuevo consejo de estado le otorga a Cromwell el titulo de Lord Protector de la Mancomunidad de Inglaterra, Escocia e Irlanda.

El titulo de Lord Protector era un nombramiento muy especial que otorgaba el Parlamento Inglés, sólo en caso de que el rey no pudiese gobernar ya fuese por su minoría de edad, o por no poder ejercer sus funciones, como fue el caso de Ricardo Plantagenet, nombrado Lord Protector de Inglaterra entre los años 1453 y 1455 por la enfermedad mental de Enrique VI.

El Diseño Occidental (The Western Design)

A mediados del año 1653 se publicó en Londres la segunda edición del libro más vendido de la época en Inglaterra titulado "The English-American: a New Survey of the West Indies" escrito en 1648 por el ex sacerdote católico irlandés Thomas Gage. Gage había viajado en 1625 como misionero de la orden de los dominicos a Santo Domingo. Por espacio de 11 años vivió en México, Nicaragua y Darién donde sirvió muchos de sus años de ministerio con los indios centroamericanos y fue un verdadero defensor de los indígenas. Era un sacerdote muy controversial, no estaba de acuerdo con el celibato y no compartía muchas de las estrictas regulaciones que provenían del Papa, a tal punto que hacia el año 1639 cuelga los hábitos católicos, regresa a Inglaterra y se convierte a la religión protestante siendo uno de los propulsores de la corriente anticatólica de la época.

El libro de Gage muestra numerosos mapas detallados de las Antillas, Centro América y de lo que él describe como el rico y fascinante Imperio Mejicano, de igual modo hace hincapié sobre los enormes yacimientos de minerales preciosos y los excelentes recursos naturales que poseían las colonias españolas de América.

Según Gage, España era un país que aunque tuviese la gloria de haber descubierto el Nuevo Mundo, no estaba calificado como una de las potencias europeas y que por consiguiente no debía ser dueña de los ricos territorios de América. A su entender todas las posesiones de España en el Nuevo Mundo debían ser propiedad del país más poderoso de la época en este caso Gran Bretaña. El libro arremete fuertemente contra el Papa y la Iglesia Católica basado en que los españoles habían adquirido los territorios grandes riquezas de América por medio de una bula papal, esto según Gage, los hacían cómplices de todos los atropellos, crímenes y barbaries cometidas contra los indefensos indígenas.

El libro "The English-American: a New Survey of the West Indies" de Thomas Gage, impresionó a gran parte de la comunidad protestante, lo que aumentó la antipatía ya existente contra los católicos; Cromwell no fue la excepción, muchos historiadores afirman que fueron sus escritos los que sirvieron de inspiración para que se ideara el proyecto conquistador llamado por el propio Oliverio "El Diseño Occidental" (The Western Design).

Cromwell visualizó por medio de este proyecto la oportunidad de "ajustar cuentas" con España ya que el reinado español nunca le había permitido a los ingleses el libre comercio con América, además solucionaría la grave situación económica por la que atravesaba el país. En otro orden Oliverio, como todo buen puritano, y motivado por su fanatismo religioso, creía que debía incursionar en una cruzada en contra del "catolicismo esclavizante" de los españoles. Tomando en cuenta todo lo anterior el Protector planea el proyecto "Diseño Occidental" con tres objetivos fundamentales.

Objetivo Político/Militar

Mantener ocupada la poderosa armada naval inglesa

Cromwell deseaba mantener su liderazgo militar y una de las formas era participando directamente en las decisiones bélicas de su armada. En otro orden muchos de sus cercanos colaboradores insistían en que España era un enemigo, aunque débil, pero muy molestoso al que se le debía declarar la guerra.

España había atacado las islas del Caribe de San Cristóbal y Nieves en el 1629, también lo hizo contra las islas de Providencia en el 1641. Estos ataques a las colonias inglesas tenían muy molesto a Cromwell, por otra parte, ya terminada la guerra con Holanda, el Protector necesitaba mantener ocupada su poderosa armada naval.

Con las conquista de los territorios españoles de América, Cromwell se vengaría de los ataques de los españoles a sus territorios y a la vez extendería su imperio territorial hacia el oeste, pero además, impondría su fortaleza militar, no sólo para controlar las rutas comerciales, sino para la protección de sus prosperas colonias de Norte América como New England, Virginia, Maryland y la Provincia de Carolina.

Objetivo Económico

Conquistar las islas de las Antillas Mayores, Perú y México

Según el libro de Gage las grandes riquezas del Perú y el Imperio Mejicano eran algo indescriptible, Oliverio estaba completamente convencido de que con sus nuevas conquistas quedarían remediados los problemas económicos que enfrentaba el país. Él estaba consciente de que la economía necesitaba un gran estímulo y creía firmemente que desde el punto de vista comercial lo que más convenía era exportar a todas sus colonias productos manufacturados en Inglaterra, a cambio de materia prima o metales preciosos, pero España no le permitía a Inglaterra comercializar con sus colonias, lo que siempre indignó al Protector.

En otro orden, el comercio de la venta de esclavos africanos se había convertido en un negocio extremadamente lucrativo por la gran demanda de esclavos para las colonias europeas de América y aunque Inglaterra participaba en esta práctica comercial, la mayor parte de este mercado era controlado por los holandeses, portugueses y franceses. La principal ruta de transporte de esclavos hacia América era por las costas de las islas antillanas, las que ofrecían una natural escalonada favorable para que las embarcaciones que transportaban cualquier tipo de mercancía o esclavos de África, pudiesen abastecerse o reguardarse de los embates de la naturaleza o de ataques enemigos.

Objetivo Socio/Religioso

Imposición del Protestantismo como religión oficial en América

Esta es la parte del proyecto que se le vende al pueblo y a los oponentes de Cromwell, quien necesitaba apoyo por medio de conmover el anticatolicismo reinante de la época. El Protector proclamaba que Dios lo había elegido para combatir a los endemoniados españoles de América y que su "Cruzada" contaba con el apoyo "divino" para combatir las injusticias, atropellos y crímenes cometidos por los pecadores católicos españoles del Nuevo Mundo.

El Protector nunca mantuvo buenas relaciones con la monarquía española, primero por su gran antagonismo hacia todo lo que olía a católico y segundo porque España siempre estuvo del lado de Holanda ya que los Países Bajos habían sido colonia española sólo hasta el año 1648 cuando fueron reconocidos como país independiente después de la Paz de Westfalia. Cromwell consideraba que debía declararle la guerra a España, pero no en Europa por el gran costo político y económico, sino en sus posesiones del nuevo mundo, Thomas Gage lo había convencido de las grandes debilidades bélicas de los españoles y se sentía seguro que le sería sumamente fácil, no sólo la conquista, sino la imposición del Protestantismo como religión oficial en el nuevo mundo.

Cromwell presentó por primera vez en junio del 1654 el proyecto "Western Design". Oliverio exigió absoluta discreción al consejo de gobierno y pidió que el proyecto fuese considerado como un secreto de estado, el "Western Design" consistía en una expedición de unas 40 ó 45 embarcaciones muy bien equipadas y armadas cuya meta sería: Primero la conquista de las cuatro islas de las Antillas Mayores o sea La Española, Cuba, Puerto Rico y Jamaica, todas colonias españolas, con el objetivo de establecer un comando central de operaciones en una de estas islas, cuya localización geográfica fuese la más adecuada para estos fines, además se crearían bases de apoyo en los cuatro puntos cardinales de las Antillas.

Para estos fines el Protector escogió a La Española a ser la primera de las islas en ser conquistada y esto lo hizo basado en dos razones fundamentales: primero, desde el punto de vista estratégico, la localización geográfica de la isla era excepcional, estaba situada en el mismo medio del arco antillano y de las rutas marítimas de exportación del Imperio Mejicano; para la época La Española poseía numerosos puertos que daban al mar Caribe y al Océano Atlántico, además, varias bahías que ofrecían una protección natural para cualquier tipo de armada naval.

En segundo lugar, la primera conquista debería ser de algo económicamente significativo, Cromwell tenía conocimiento de que en la Isla de Santo Domingo fue donde primero se produjo azúcar en el Nuevo Mundo y que en ese momento La Española ya se había convertido en la principal colonia azucarera del Caribe con el funcionamiento de unos 30 ingenios en toda la isla.

La expedición llegaría primero a la isla Barbados localizada en las Antillas Menores y luego se reclutarían soldados o mercenarios adicionales en las islas adyacentes de Montserrat, San Cristóbal y Nieves, todas estas islas pertenecían al Imperio Británico. El Protector estaba seguro que con la conquista de las islas de las Antillas Mayores, podría controlar las principales vías marítimas del Caribe. La segunda etapa de la expedición sería la conquista de las demás posesiones españolas sobre todo Cartagena, el Virreinato del Perú y el Imperio Mejicano.

Varios miembros del consejo de gobierno mostraron antipatía al proyecto ya que consideraban que existían otras prioridades y necesidades de la nación que requerían atención inmediata, tales como la implementación de una serie de leyes, recientemente promulgadas, con vías a la descentralización de la administración gubernamental así como la reforma al poder judicial.

A pesar de las críticas, los preparativos para la expedición continuaron a "toda máquina" y para el mes de agosto del 1654 Cromwell ya había contactado al Almirante William Penn a quien le encomendaría la responsabilidad de comandar las operaciones navales de la expedición. De igual forma Oliverio delegó la comandancia del personal de infantería al General Robert Venables, además, añadió a tres civiles como supervisores de la expedición: Edward Winslow, Gregory Butler y Daniel Searle, este último gobernador de Barbados. También nombró como capellán y asesor de la expedición al Reverendo Thomas Gage, autor del libro "The English-American: a New Survey of the West Indies".

Muchos estrategas militares han criticado la decisión de Cromwell de no haber nombrado desde un principio a un Comandante en Jefe de la expedición. Penn y Venables tenían poderes similares y existía mucha rivalidad entre ellos. El General Robert Venables sentía mucha envidia ya que Penn era 10 años más joven que él y a su corta edad ya había logrado el rango de General Almirante de la Real Fuerza Naval de Inglaterra.

Expedición de Penn y Venables

El día 24 de diciembre de 1654 parte desde el puerto de Portsmouth en el sur de Gran Bretaña, la expedición compuesta por 18 barcos de guerra y 20 de transporte. A continuación el nombre de los navíos de guerra con sus respectivos capitanes y sobrecargos:

1.- **Segunda Clase Swiftsure**: 60 cañones, 350 marinos y 30 soldados, Capitán-Bandera, Jonas Poole, Almirante General William Penn.

2.- **Segunda Clase Paragon**: 54 cañones, 300 marinos y 30 soldados, capitaneado por el Vice-Almirante William Goodson.

3.- **Tercera Clase Torrington**: 54 cañones, 280 marinos y 30 soldados, capitaneado por el Almirante George Dakins.

4.- **Tercera Clase Martson Moor**: 54 cañones, 280 marinos y 30 soldados, capitaneado por Edward Blagg.

5.- **Tercera Clase Gloucester**: 54 cañones, 280 marinos y 30 soldados, capitaneado por Benjamin Blake.

6.- **Tercera Clase Lion**: 44 cañones, 230 marinos y 30 soldados, capitaneado por John Lambert.

7.- **Tercera Clase Mathias**: 44 cañones, 200 marinos y 30 soldados, capitaneado por John White.

8.- **Tercera Clase Indian**: 44 cañones, 220 marinos y 30 soldados, capitaneado por James Terry.

9.- **Cuarta Clase Rate Bear**: 36 cañones, 150 marinos y 30 soldados, capitaneado por Francis Kirby.

10.- **Cuarta Clase Laurel**: 40 cañones, 160 marinos y 30 soldados, capitaneado por William Crispin.

11.- **Cuarta Clase Portly**: 40 cañones, 160 marinos y 30 soldados, capitaneado por Richard Newberry.

12.- **Cuarta Clase Dover**: 40 cañones, 160 marinos y 30 soldados, capitaneado por Robert Syers.

13.- **Cuarta Clase Great Charity**: 36 cañones, 150 marinos, capitaneado por Leonard Harris.

14.- **Cuarta Clase Heartsease**: 30 cañones, 70 marinos y 160 soldados, capitaneado por Thomas Wright.

15.- **Cuarta Clase Discovery**: 30 cañones, 70 marinos y 160 soldados, capitaneado por Thomas Wills.

16.- **Cuarta Clase Convertine**: 30 cañones, 75 marinos y 200 soldados, capitaneado por John Hayward.

17.- **Cuarta Clase Katherine**: 30 cañones, 70 marinos y 200 soldados, capitaneado por Willoughby Hannam.

18.- **Cuarta Clase Martin**: 12 cañones, 60 marinos, capitaneado por William Vesey.

(Datos obtenidos en Weekipedia.com)

En los restantes 20 barcos se transportó comida, suministros y ropa, además viajaron 1,145 marinos, 1,830 soldados, 38 caballos y 4 botes de desembarco en playa, todos protegidos por 352 cañones. En resumen, un total de 42 embarcaciones, 1,084 cañones, 7,320 hombres, y 38 caballos. Los números anteriores demuestran la gran magnitud de la expedición lo que confirma el enorme interés que tenía Cromwell de que la primera etapa de su ambicioso proyecto conquistador fuese todo un éxito.

Durante las próximas dos semanas el viaje fue muy placentero, los barcos viajaron en formación y el cielo estuvo casi todo el tiempo despejado, en ocasiones, parcialmente nublado. Los vientos soplaban con moderación casi todo en tiempo hacia el Oeste u Oeste-Suroeste que era precisamente en la dirección marcada en el mapa de ruta. La nave *Segunda Clase Swiftsure* del Almirante estuvo siempre al frente de la expedición. Durante el día los marinos y soldados tenían una rutina muy disciplinada que consistía en diferentes trabajos de mantenimiento de las velas de los barcos, de los equipos de combate, de los animales que transportaban, otros se dedicaban a la pesca o labores de limpieza, en fin todos se mantenían ocupados. Después de la cena se divertían participando en tertulias o improvisadas comedias en la que se mofaban de todo lo que no era inglés sobre todo de los holandeses y franceses.

Aunque viajaban en diferentes navíos, en algunas ocasiones, se reunían Penn y Venables y en forma cordial planeaban y acordaban distintos aspectos de la etapa más importante de la expedición que sería la invasión a La Española.

A la mañana del 18 de enero de 1655 la expedición ya había recorrido más de la mitad del viaje, sus coordenadas eran: latitud 22.5°N, longitud 47.5°W. Se encontraban muy cerca donde se unen la lineas imaginarias del paralelo Trópico de Cáncer y el Meridiano 45°W. En este punto geográfico en el Océano Atlántico, desde que se tiene conocimiento de la historia de la navegación, han sucedido hechos inverosímiles, tales como desaparición de buques con toda la tripulación, o hundimientos inexplicables de flotas mercantes, existen varias leyendas de la aparición de gigantescos animales y peces prehistóricos en este sector del globo terráqueo.

El Almirante Penn se levantó más temprano que de costumbre, casi no pudo dormir, se había pasado gran parte de la noche en vela, estaba algo inquieto como si predijera que algo espantoso ocurriría.

Lo primero que hizo fue salir a cubierta y observar el horizonte, estaba como hipnotizado no escuchaba nada de lo que estaba en su entorno. Su mirada parecía que se perdiera a lo lejos donde aparentemente imaginaba que las nubes nacieran de lo más profundo de los mares y que al subir empujaban los vientos que soplaban en dirección indefinida… de repente se voltea, a su lado se encontraba el Capitán Bandera… quien ya le había ofrecido el regulatorio saludo militar, pero el Almirante no le había contestado ya que estaba "en otro mundo".

__ Traedme el telescopio __ le dice Penn al Capitán-Bandera, Jonas Poole.

__ Aquí está Señor __ replica Jonas.

El Almirante estuvo contemplando, con sus potente anteojos, tipo pequeño telescopio desplegable, miraba hacia el horizonte y de vez en cuando observaba el movimiento de las nubes. Mantuvo esta práctica por espacio de 10 minutos sin decir una palabra, después se dirigió hacia su camerino donde inmediatamente fue a un escritorio donde tenía algunos instrumentos de navegación entre ellos un impecable barómetro, el cual brillaba como si fuese un nuevo reloj suizo acabado de estrenar.

Después de observar la lectura barométrica, se percató de que la presión atmosférica había bajado notablemente. Esto lo inquietó aún más y de inmediato con mucha prisa regresó a cubierta, esta vez se puso a observar las aguas del mar y notó un cambio drástico en el tamaño de las olas al mismo tiempo el viento comenzó a soplar con mas intensidad. Se mantuvo en cubierta como si tratara de olfatear algo y no pasaron 15 minutos cuando nubes oscuras fueron ocupando el espacio del cielo, hasta entonces totalmente despejado. La parte suroeste del horizonte fue perdiendo su color azul grisáceo convirtiéndose en gris bien oscuro.

Pasaron unos diez minutos más cuando alcanzó a ver a unas 2 millas a su oeste-franco algo así como si todas las nubes se juntaran en un punto del cielo y descendieran a gran velocidad en medio de truenos y relámpagos pero de modo errático, formando un enorme cilindro elíptico tipo embudo, a tomar abruptamente las aguas del mar.

La tripulación espantada y tenebrosamente curiosa salia a cubierta. Algunos soldados decían que un gigantesco endemoniado elefante había lanzado su enorme trompa a tomar agua del mar, otros decían que una desquiciada prehistórica serpiente se había escapado del infierno y que giraba a gran velocidad sobre su eje para luego tragarse todo lo que encontrase a su paso.

El Almirante Penn se mantuvo sereno, sabía que se acababa de formar una gigantesca tornádica tromba marina con vientos de unos 500 millas/hora y un diámetro de aproximadamente una milla. (Este tipo de fenómeno es uno de los más peligrosos ya que, como su nombre lo indica, son justamente tornados sobre la superficie del mar y, por lo general, se forman debido a complejas fluctuaciones climáticas, en aguas cálidas y después de una súbita baja de la presión atmosférica).

A pesar de todas las sugerencias, gritos, exclamaciones, Penn se mantenía en calma, unos minutos antes había tomado una última lectura del barómetro, esta vez notó que se había producido una muy ligera alza. Se encontraba en cubierta junto al timonel y a su capitán-bandera… Se intensificaban los vientos al tiempo que se sentían ráfagas de lluvia muy fina, las olas incrementaban su tamaño y frecuencia… se escuchaba mejor el sonido de los truenos.

__ ¡¡Oeste franco!!__ Ordena Penn.

El timonel y el Capitán Bandera miran sorprendidos al Almirante.

__ ¡¿Oeste franco?!__ exclama el timonel, bastante sorprendido ya que esta era exactamente la dirección donde se encontraba la tromba marina que en esos momentos se había acercado. Los truenos resonaban cada vez con mayor intensidad y se distinguían con claridad amenazantes vientos iluminados por numerosos relámpagos.

___ ¡OESTE FRANCO!___ Repite Penn, alzando la voz y mirando fijamente al Capitán, queriéndole indicar que banderee la orden a las demás naves.

Tanto el timonel como el Capitán Bandera obedecen la orden.

Robert Venables que viajaba en la retaguardia en el *Segunda Clase Paragon* conocía bien el lenguaje de las banderas y al percatarse de la orden exclama:

Venables: ___ Penn está loco, no puede ser… como vamos a poner rumbo hacia ese monstruo marino ___

Venables:___ ¡¡Tome rumbo sureste!!___ le ordena Venables a William Goodson, Capitán de la embarcación.

El Capitán mira a Venables, lucía extremadamente preocupado con el ceño fruncido, el ambiente se había oscurecido bastante, las olas seguían creciendo y golpeaban con más intensidad las naves, los vientos soplaban más fuertes y le perturbaba el ruido ensordecedor de los truenos. Goodson no sabía que hacer, aunque respetaba los conocimientos meteorológicos del Almirante Penn, en esos momentos creyó que Venables tenía la razón al rehusar dirigirse hacia la tromba marina.

___ Hago lo que usted ordene, pero si usted asume absoluta responsabilidad sobre todas las consecuencias___ responde Goodson.

___ Yo soy co-responsable de esta expedición y asumo toda la responsabilidad de ahora en adelante___ le contesta Venables.

___ ¡RUMBO SURESTE!___ Ordena Goodson a su timonel.

Sólo dos naves no obedecieron la orden de Penn, ellas fueron la nave en que viajaba Venables y la que lo seguía que era la *Cuarta Clase Martin*. El Almirante Penn se mantenía muy atento a los movimientos del meteoro por lo que nunca se percató de la desobediencia. Pasaron unos minutos cuando una inmensa ola impacto la nave de Penn, el impacto fue de tal magnitud que uno de los marinos fue lanzado al mar, afortunadamente logró salvarse por la heroica valentía de dos de sus compañeros que se lanzaron a su rescate y después de asegurarlo con fuertes sogas lo subieron a cubierta. Las olas seguían impactando cada vez con más intensidad; los frecuentes relámpagos iluminaban el área seguidos por los muy ruidosos truenos… obviamente la misma suerte corrían las demás naves… pareciera como si se los empezara a tragar el mar y se acercaran al fin del mundo. Todos podían ver prácticamente frente a ellos al espantoso meteoro… De repente…. como por arte de magia… el meteoro comienza a retroceder, su rumbo y da un giro de 180 grados… como si se espantara al ver la nave del Almirante Penn... pasaron unos segundos y la tromba gira hacia el sureste formando un semicírculo y desapareciendo súbitamente dejando el mar en calma, sin relámpagos, sin truenos, todo con una tranquilidad paradisíaca.

… Silencio absoluto… sólo se escuchaba el sonido del suave viento al acariciar las velas… la expresión de incredibilidad y la mirada atónita de todos en cubierta reflejaban los minutos de miedo y desesperación que el destino les había reservado.

___ ¡YA PASO TODO!… ¡A TRABAJAR!… ___ Grita el Almirante. A la vez que ordenaba a sus subalternos la revisión de daños o averías, de igual forma ordenó a su Capitán Bandera el paso de lista de toda la expedición naviera. Lentamente todos los marinos y soldados fueron regresando a sus labores.

Penn regresa junto a su timonel llamado Luis Manuel, ambos se miran sonrientes y complacidos de que nada desastroso había sucedido.

Luis Manuel: __ Con todo respeto Almirante… ¿Por qué ordenó usted oeste-franco?… ¿Sabía usted que la tromba marina iba a cambiar de rumbo?___

Penn: ___ Estos meteoros son totalmente impredecibles pero, por lo general, una vez que se forman, tienden a alejarse del entorno donde se produce un aumento de la presión atmosférica… Tuvimos mucha suerte.___

Manuel Felipe: ___ Usted es todo un genio… Me siento muy honrado de ser su timonel___

Penn: ___ Usted es un excelente timonel, Capitán ___

Dos horas más tarde el Capitán-Bandera le informa al almirante Penn que todas las naves están en formación "Y" en el rumbo acordado con la excepción de las naves Segunda Clase Paragon y la Cuarta Clase Martin o sea las dos naves que habían desobedecido la orden de Penn, ambos barcos habían desaparecido. Inmediatamente el Almirante se subió en la parte alta del mástil central y con sus potentes anteojos comenzó a rastrear lentamente el horizonte.

Pasaron unos treinta minutos y nada, las naves no aparecían.

~~~ Parece que con los fuertes vientos perdieron el rumbo ~~~ pensó el Almirante.

Unos diez minutos más tarde Penn alcanza ver hacia el sur una muy diminuta imagen en el horizonte.

Penn: ___ ¡TIMONEL… SUR FRANCO A TODA VELA! ___

El Almirante bajó a toda prisa y le ordena al Capitán-Bandera que informe al resto de la expedición que había avistado las embarcaciones desaparecidas y que se dirigía a su rescate, además, ordenó que todas las demás embarcaciones debían seguir su rumbo normal. Penn sabía que debía acercarse unas millas más, ya que, tanto Venables como el Capitán de la otra embarcación, no tenían anteojos tan potentes como los de él. El reto no sería fácil ya que la embarcación del Almirante iría en la misma dirección de las desaparecidas todas con el viento a su favor.

Una hora más tarde las embarcaciones se encontraban recíprocamente visibles, pero las naves "perdidas" no se percataban del rescate y seguían avanzando hacia el sur.

El Almirante da la orden de cañonear con el objetivo de hacer ruido para llamar la atención. Despúes de varios cañonazos y una espera de unos minutos, se percató de que su estrategia había dado resultado, con sus potentes anteojos Penn vió como las naves bajaban las velas con el fin de reducir la velocidad a la vez que cambiaban de rumbo hacia el oeste. Unos minutos más tarde las naves se encontraban a distancia de que los capitanes-bandera se pudiesen comunicar… El rescate había sido todo un éxito.

Penn y Venables en Barbados

Las islas de Barlovento son un grupo de pequeñas islas en la parte septentrional de las Antillas Menores. Barbados es una de estas islas con 34 km de largo y 23 km de ancho, fue descubierta por el explorador portugués Pedro Campos en 1536, Campos quedó impresionado por la gran cantidad de plantas de higüeros y sus colgantes raíces que encontró en la isla y por eso la llamó "Os barbados" o sea "Los Barbudos", por el parecido de los higüeros y la barba. Poco tiempo después los portugueses abandonaron la isla ya que carecía de gran riqueza natural sobre todo en metales preciosos, pero los ingleses tenían ideas diferentes y en el año 1627 llegan los primeros colonos británicos, los ingleses ya poseían las cercanas islas de San Cristóbal (Saint Kitts) y Nieves (Nevis), los nuevos colonos se dedicaron al cultivo de la caña de azúcar utilizando esclavos indígenas y africanos. Por las próximas tres décadas los ingleses convirtieron la isla en una próspera colonia azucarera.

El día 26 de enero de 1655 llegó la expedición de Penn y Venables a la isla Barbados. El almirante Penn ordenó la revisión de todas las naves y la reparación de daños y averías, durante las primeras semanas se organizaron grupos de trabajo y de reabastecimiento de los veleros; por otra parte, el General Venables da inicio a un controversial reclutamiento de soldados adicionales, según sus cálculos necesitaba añadir aproximadamente 3,000 hombres a la fuerza de infantería. Estos "soldados" provenían, no solamente de Barbados, sino también de las islas adyacentes y no tenían ningún tipo de formación militar, más bien eran ex marinos, mercenarios o aventureros.

La práctica y el método de reclutamiento molestó mucho al Almirante Penn y a Daniel Searle, gobernador de la isla, pero Venables continuó su esfuerzo ya que decía que tenía órdenes directas del Protector.

A pesar de los fuertes y acalorados enfrentamientos, Penn y Venables se reunían a menudo a discutir los detalles del próximo paso de la invasión. Ya para finales de febrero habían acordado mantener en absoluto secreto la decisión a que habían llegado sobre cual de las islas sería la primera en ser atacada. Tanto Penn como Venables sabían lo mucho que significaba para Oliverio Cromwell la primera etapa del "Diseño Occidental" ... este no podía fallar... tenía que ser todo un éxito.

Batalla naval contra los piratas del Caribe

El día 3 de marzo, el General Venables decide salir a dar un recorrido por las aguas del mar Caribe, deseaba familiarizarse con el nuevo ambiente, no estaba acostumbrado a la temperatura cálida del trópico. Salió con dos naves adicionales de menor escala. El General no era marino, era hombre de armas en tierra, sabía muy poco de navegación.

Aproximadamente a las doce del mediodía navegaban cerca de la costa oeste de la isla de Nieves cuando a la distancia logran observar cuatro embarcaciones desconocidas que se acercan. El general Venables le preguntó a su capitán si reconocía la bandera origen de las embarcaciones. El capitán contestó negativamente a la vez que le ordenaba a su capitán bandera que enviara un mensaje requiriendo identificación a las naves que continuaban acercándose.

Pasaron unos minutos de espera y las cuatro naves continuaron su acercamiento distinguiéndose claramente que se trataban de embarcaciones piratas, dos de las embarcaciones eran tercera clase con unos 50 cañones cada una, las otras dos eran embarcaciones pequeñas que usaban los piratas para saqueo a menor escala.

El viento soplaba a favor de las naves piratas las cuales a medida que pasaban los minutos se acercaban con mayor velocidad, recordemos que los piratas eran excelentes y muy aguerridos marinos, lo único que habían hecho en su vida era robar, saquear o secuestrar. Aparentemente los piratas pensaron que las embarcaciones transportaban esclavos.

Los piratas se colocaron estratégicamente al costado de las naves inglesas y comenzaron a cañonear a las naves de Venables las cuales trataban de alejarse del área, pero los piratas los seguían muy de cerca. El General ordena un contraataque y por espacio de una hora se establece un intercambio de cañonazos, los piratas no daban tregua, atacaban sin cesar, tenían establecido un sistema de disparo en serie que enloquecía a sus adversarios. Una de las naves de Veenables había sido seriamente averiada y los piratas ya procedían a abordarla. Por lo general, los piratas trataban de no hundir las naves que atacaban con el fin de recuperar el botín o adueñarse de la embarcación.

Una de las naves inglesas había sido averiada seriamente, los piratas seguían atacando sin cesar cuando en medio de los cañonazos el mástil central de una de las naves piratas cae estruendosamente partido en varios pedazos. Los cañones certeros de 2 naves inglesas que habían llegado desapercibidamente cerca de las aguas de batalla disparaban sin cesar a las naves de los piratas quienes muy perplejos no se explicaban como esas embarcaciones, aún un poco distantes, podían disparar tan certeramente.

Lo que los piratas desconocían era que el General Penn había estado siguiendo a Venables en la travesía de reconocimiento por el mar Caribe.

La batalla había tomado un giro de 180 grados, ahora eran los piratas los que trataban de huir, pero no lo lograron, las naves del General Penn seguían disparando sin parar hasta que los piratas alzaron bandera blanca significando su rendimiento. El resultado final fue una nave inglesa seriamente averiada, por su parte, los piratas salieron derrotados con una nave hundida y tres capturadas.

Los ingleses regresaron a Barbados con el fin de reparar los daños, reclutar más soldados o mercenarios ya que su próximo objetivo sería la invasión a La Española.

La Española, Hispaniola o Isla de Santo Domingo

La Española, bautizada con este nombre por el Almirante Cristóbal Colón al descubrirla en su primer viaje el 5 de diciembre de 1492, forma parte de un grupo de cuatro islas en el Caribe llamadas Antillas Mayores. Cuba, Jamaica y Puerto Rico completan la cuarteta.

Al llegar a este paraíso terrenal el Almirante quedó maravillado con la isla, estaba acostumbrado a los fuertes fríos de Génova y España en esta época del año. En sus apuntes escribió sobre la brisa fresca y la comparó con los aires de Castilla en abril, también le impresionó la flora y en sus escritos habló del verdor de los árboles en pleno invierno, pero talvez lo que más tocó al Descubridor fue la ingenuidad, amabilidad y dulzura que percibió en los aborígenes de la isla, de lo cual, en varios de sus escritos también se expresó en forma muy descriptiva.

Sobre los primeros habitantes de La Española, la mejor descripción nos la da Juan Bosch en su libro *Indios. Apuntes Históricos y Leyendas, 1935*. El Profesor nos dice:

"Probablemente los ciguayos tomaron posesión de la isla antes que otra raza. Indios semisalvajes, de frente tumbada y fiero carácter. Toscos y sanguinarios al principio, habitaron en cuevas y buscaron la cordillera septentrional, debieron ser cortos en números que de otra manera hubieran opuesto resistencia a los taínos, venidos del continente en son de pacíficos conquistadores. Los primeros fueron siempre guerreros y ariscos; usaban macana y flecha y no toleraban intromisiones. Los últimos eran labradores por excelencia, gallardos, bellos, tranquilos. Se acomodaron a la bendición del clima y empezaron a suavizar algunas de las duras costumbres que trajeron del Sur.

En las décadas precedentes al descubrimiento, unos hombres oscuros, fuertes y feroces, de audaz mirar y nariz aguileña, irrumpen en la isla y, empujando a los taínos hacia Oriente y Occidente, entran, a modo de cuña, para terminar posesionándose de las regiones que hoy corresponden a las dos provincias de Macorís, a la de Samaná, en parte, y al pedazo de la de Santo Domingo comprendida entre las dos primeras: los macorixes, pertenecientes a la gran familia de los caribes, vienen a completar el mosaico."

La primera ciudad del continente americano fue fundada por Cristóbal Colón el 2 de enero de 1493 y la llamó La Isabela en honor a la Reina Isabel de España. Esta ciudad fue construida en la parte norte de La Española cerca de la hoy ciudad de Puerto Plata. **Fue aquí donde primero se establecieron los conquistadores para sentar las bases de su centro de operaciones. En esta ciudad se fundó el primer ayuntamiento, el primer cuartel, la primera iglesia, la primera sede de gobierno de este nuevo continente.**

Los habitantes de la Isabela fundaron más tarde la Nueva Isabela (4 de agosto de 1496) en la margen sur-este de la desembocadura del río Ozama. El 4 de agosto de 1502 Fray Nicolás de Obando fundó la ciudad de Santo Domingo de Guzmán en la margen sur oeste del río Ozama y es poblada por los habitantes de la Nueva Isabela, la cual había sido destruida por un huracán.

Durante los siguientes años se fundaron las villas de Santiago de los Caballeros, La Vega, San Fernando de Montecristi, Puerto Plata, e Higüey, entre otras. Santo Domingo se desarrolló más que todas las demás ciudades de la época por varias razones: era el asiento de las autoridades gubernamentales de la colonia, excelente puerto de mar con una estratégica localización geográfica con acceso directo a las principales vías marítimas comerciales del Mar Caribe; protección natural a posibles ataques vía marítima y abundantes fuentes de agua potable.

Extraordinarios sucesos históricos sucedieron durante los próximos años que pusieron a Santo Domingo en la cúspide de América a tal punto que en Europa se conocía a la Española como Isla de Santo Domingo.

De aquí salió Alonso de Ojeda a la conquista de Venezuela en el año 1499, también lo hizo Diego Velázquez en el año 1511 a la conquista de Cuba, acompañado de Hernán Cortés, quien después haría lo mismo en México. Francisco Pizarro y Diego de Almagro salieron de La Española para la conquista del Perú. Juan Alvarado y Juan Ponce de León salieron hacia la conquista de Guatemala y Puerto Rico respectivamente, recordemos que Juan Ponce de León fue el primer europeo en visitar la Florida en busca de la fuente de la juventud en 1513, en ese mismo año Vasco Núñez de Balboa, quien descubrió el Océano Pacífico, también salió de Santo Domingo.

En julio de 1526 salió de la ciudad de Puerto Plata una expedición exploratoria comandada por Lucas Vázquez de Ayllón acompañado por los misioneros Fray Antón de Montesinos y Pedro de Estrada. Estos misioneros lograrían la histórica hazaña de ser los primeros europeos en visitar las Carolinas, estos expedicionarios sentaron las bases de lo que hoy está considerado el primer templo religioso de Norteamérica. Como nota curiosa debemos recordar que los peregrinos irlandeses llegaron a Norte América en el buque Mayflower en el 1620, Ayllón lo hizo en el 1526. En septiembre de ese mismo año Vázquez de Ayllón, Estrada y Montesinos erigieron una cruz cerca de la desembocadura del río Jordán en Carolina del Norte, en este lugar se construyó la primera iglesia en Estados Unidos de Norte América cuyo nombre fue Iglesia San Miguel.

Podríamos seguir relatando otros hechos históricos, pero hagamos un paréntesis para reflexionar sobre lo que nos dice el Lic. Miguel Ángel Rodríguez Pereyra en su libro *Esbozo de mi Patria (Santo Domingo, 1978)*:

"Mucho se ha hablado y escrito sobre los pueblos de América. Es digno de encomio y es muy plausible por demás. Todo ello merece el más vivo reconocimiento a cuantos lo han hecho, pues sabido es, que con esa divulgación se conocen y llegan a amarse mejor tantas patrias que uno las siente como si fueran las de uno mismo. Empero, cuando se habla de América toda y su historia, debe pensarse en esta tierra de Santo Domingo, pues siendo La Hispaniola, Española o Santo Domingo, o también República Dominicana, la fuente generadora de toda su existencia, considero y es así, forzosamente, que sin Santo Domingo no se puede hablar de América, ni mucho menos se puede escribir historia, pues sin Santo Domingo no existiría esa historia, no existiría tradición, costumbre, religión e idioma, porque su génesis es en Santo Domingo donde tuvo su comienzo y de ella se obtuvo la gran exportación de la cultura que llegó a toda la vasta tierra americana".

A la vez que Santo Domingo se convertía en la capital de Nuevo Mundo, se producía consecuentemente una demanda de mano de obra para satisfacer la necesidad de la construcción de los nuevos edificios, del transporte de los metales preciosos, del cultivo de la tierra y demás necesidades requeridas por el crecimiento de las emergentes ciudades. Como producto de esta creciente demanda se da inicio a la esclavización de los indígenas de la isla, los aborígenes fueron cruelmente perseguidos, maltratados y humillados por los nuevos conquistadores.

El el año 1502, por orden del comendador Nicolás de Ovando, se produce uno de los crímenes masivos más horrendos que registra la historia de América y se trató de la Matanza de Jaragua donde más de 300 indígenas fueron asesinados incluyendo a su cacique la india Anacaona quien fue enviada a la horca.

Tal fue el atropello de que fueron víctimas los indígenas que el 21 de diciembre del año 1511, Fray Antón de Montesinos, el mismo que acompañaría a Lucas Vázquez de Ayllón a las Carolinas, pronunció en una misa, frente a las máximas autoridades españolas, el primer clamor de justicia en el Nuevo Mundo, fue un grito de denuncia y protesta contra los explotadores de los aborígenes; el "Sermón de Adviento", conocido como el "Sermón de Montesinos" que reza:

«Para os los dar a cognoscer me he sobido aquí, yo que soy voz de Cristo en el desierto desta isla; y, por tanto, conviene que con atención, no cualquiera sino con todo vuestro corazón y con todos vuestros sentidos, la oigáis; la cual será la más nueva que nunca oísteis, la más áspera y dura y más espantable y peligrosa que jamás no pensasteis oír». «Esta voz [os dice] que todos estáis en pecado mortal y en él vivís y morís, por la crueldad y tiranía que usáis con estas inocentes gentes. Decid ¿con qué derecho y con qué justicia tenéis en tan cruel y horrible servidumbre aquestos indios? ¿Con qué auctoridad habéis hecho tan detestables guerras a estas gentes que estaban en sus tierras mansas y pacíficas, donde tan infinitas dellas, con muerte y estragos nunca oídos habéis consumido? ¿Cómo los tenéis tan opresos y fatigados, sin dalles de comer ni curallos en sus enfermedades [en] que, de los excesivos trabajos que les dais, incurren y se os mueren y, por mejor decir, los matáis por sacar y adquirir oro cada día? ¿Y qué cuidado tenéis de quien los doctrine y cognozcan a su Dios y criador, sean baptizados, oigan misa, guarden las fiestas y domingos? Estos, ¿no son hombres? ¿No tienen ánimas racionales? ¿No sois obligados a amallos como a vosotros mismos? ¿Esto no entendéis? ¿Esto no sentís? ¿Cómo estáis en tanta profundidad de sueño tan letárgico dormidos? Tened por cierto, que en el estado [en] que estáis no os podéis más salvar que los moros o turcos que carecen y no quieren la fe de Jesucristo».

El maltrato a los indígenas produjo en el año 1520 lo que se conoce como la primera sublevación por la libertad en América. Un joven cacique indio de nombre Guarocuya, quien había sido educado por los padres dominicos y bautizado con el nombre de Enrique o Enriquillo, pidió justicia a la Real Audiencia por el ultrajo de que fue víctima su esposa de parte de un militar español. Frustrado por no atendérsele sus justos reclamos, se alzó en armas acompañado de unos 200 indígenas en las montañas del Bahoruco localizadas en la parte suroeste de la isla. Por espacio de 13 años combatió en la sierra contra los verdugos de la colonia a los que causó significantes bajas ya que conocía muy bien la geografía del área. En el año 1533 terminó la insurrección y mediante un convenio se acordó que a partir de la fecha los indios tendrían los mismos derechos que los españoles, además el reconocimiento de una extensa área territorial a la que se llamó "Reservación India". El acuerdo se hizo entre Guarocuya en representación de los aborígenes y el capitán español Francisco Barrionuevo en representación de la máxima autoridad europea de la época, Carlos V de España y Primero-Emperador de Alemania.

El área territorial acordada era un hermoso valle bordeado hacia el oeste por lomas, que forman parte de una gran cordillera, de las que fluyen arroyos afluentes de dos caudalosos ríos. Al este, una extensa sabana, tan llana como la palma de la mano, conduce a una larga bahía bañada por las cálidas aguas del Atlántico, mientras que al sur un copioso bosque de frondosos árboles, en los que predominaba el ébano y la caoba, estaba rodeado por palmares que se extendían hasta el fin de la mirada.

En esta mesopotamia los indígenas lo tenían todo: abundantes puercos salvajes en las montañas, corderos y ganado vacuno en el llano, además, aves silvestres como pavos, patos, codornices, palomas, guineas, y gallinas, excelente terreno de cultivo, regado por manantiales y arroyos, arbustos e innumerable variedad de árboles frutales, todo esto sin la presencia de ninguna clase de animal feroz. Como si esto fuera poco, desde las lomas se podía disfrutar del esplendor de una inmensa bahía con las playas más bellas que ojos humanos hayan podido contemplar. Aparentemente el Creador se inspiró en esta tierra para crear su paraíso terrenal.

Dos años después de la Paz de Enriquillo, varias pequeñas sublevaciones de esclavos africanos tuvieron lugar en la isla, la principal de estas revueltas se perpetró en la parte meridional de La Española y fue liderada por el africano Lembá y el mulato Diego del Campo quienes luego de algunos acuerdos con las autoridades se asentaron en la misma zona justo al este muy cerca de Guarocuya. El maltrato, abuso y humillación de parte de los españoles había sido lo que en común había dado origen a estas comunidades y talvez esto fue lo que originó la cordialidad, afecto y solidaridad que reinó entre sus líderes.

La primera manifestación de comercio sucedió entre estas culturas por medio del trueque, el mayor porcentaje de intercambio se llevaba a cabo entre los pescadores indígenas y los ganaderos del este. Al pasar el tiempo este trueque también se practicó con frecuencia entre marinos aventureros que llegaban a las playas con el fin de intercambiar mercaderías que generalmente consistía en tejidos, armas, vinos y perfumes a cambio de cuero, madera, tabaco, jengibre, maíz o casabe.

Reservación India y la Villa de Diego del Campo

Pasaron varias décadas y con el devenir del tiempo tanto la Reservación India como la Villa de Diego del Campo crecieron unidas, pero cada una con las costumbres y cultura de sus antepasados. Por un lado los indígenas eran extremadamente reservados, sólo se amancebaban entre ellos, mantuvieron la raza casi pura. Tanto hombres como mujeres, desarrollaron al máximo la destreza del uso del arco y la flecha, algunos se dedicaron a la agricultura, se especializaron el el cultivo del maíz, jengibre y la yuca, raíz que molían y tostaban para la elaboración del casabe; mientras que otros se dedicaron a la pesca, destacándose las mujeres con con una habilidad impresionante en la natación submarina; la mayoría de los pescadores podían sostener la respiración bajo agua hasta cinco minutos.

Una de las actividades que continuaron celebrando a través de los años fue la "danza del casabe". Esta era una celebración de índole socio-religiosa mediante la cual se le daba gracias a Dios por la buena cosecha. Para conmemorar esta celebración se invitaba a todos los pobladores incluyendo moradores de poblados cercanos, la fiesta duraba varios días.

El primer día se dedicaba a las prácticas religiosas, mientras que a partir del segundo día se divertían fumando tabaco, muchas comidas, muchas bebidas, casi todos, hombres y mujeres se embriagaban.

La mayor atracción de la celebración consistía en los bailes y cantos que llevaban a cabo grupos especializados alrededor de grandes paquetes de casabe que habían sido previamente envueltos en una especie de bolsas hecha de la fibra de una palmácea llamada guano. Los bailes eran muy largos, y repetitivos, algunos grupos duraban hasta ocho horas bailando sin parar, los cantos aunque rítmicos eran monótonos.

Los pobladores de la Villa de Diego del Campo se dedicaron a la ganadería y al cultivo del tabaco, pero se especializaron en la equitación y el uso de las armas blancas. Muchos de ellos desarrollaron la destreza de lanzar un cuchillo o pequeña lanza, al que llamaban machete, hasta trescientas yardas y hacer blanco.

Los esclavos africanos que fundaron esta comunidad eran politeístas y poco a poco se fueron convirtiendo al catolicismo, pero la mayoría continuaron creyendo en la religión de sus antepasados y de esta mezcla nace la creencia que se conoce como "21 divisiones" o "21 naciones". Esta práctica religiosa consiste de 21 "misterios", cada uno de estos misterios es ejecutado por una divinidad de la creencia africana que a la vez es representada por un benefactor espiritual, arcángel, ángel o santo. Aunque cada uno de las divinidades tiene gran número de devotos, en República Dominicana los más populares son: Belie Belcan representado por "SAN MIGUEL", Ogun Balendjo "SAN SANTIAGO", Anaisa Pye "SANTA ANA" y Candelo "SAN CARLOS BORROMEO".

Algunas de las actividades populares de los habitantes de la Villa de Diego del Campo, que tradicionalmente se han celebrado hasta el día de hoy, son las "fiestas de palos". En estas fiestas se llevan a cabo ritos religiosos en honor a una de las divinidades de las 21 divisiones. Parte de los componentes principales de esta celebración son los bailes y cantos, ya sea con estrofas de origen religioso o simplemente improvisaciones acompañadas por el rítmico sonido de tambores y güiros.

Hacia el año 1653 el líder de la Villa de Diego del Campo era un corpulento hombre de piel muy oscura, tenía una fuerza descomunal, podía dominar un toro por sus cuernos, a pesar de sus casi 300 libras de peso era muy ágil, medía más de 6 pies de estatura y su nombre era Reliquiá.

El líder de la Reservación India era Guaroa un alto y fornido valiente indígena de 24 años de edad, color cobrizo, mirada muy expresiva, pelo lacio negro que le llegaba hasta los hombros, su nombre había sido escogido por su padre en honor a un antiguo célebre cacique, tío del heróico guerrero Enriquillo.

La esposa de Guaroa era Anaibis, hija de una pareja de criollo casado con española, su abuela paterna era pura india. Anaibis era una mujer hermosísima, ojos claros de color entre ámbar y azul cielo, su piel era bronceada, pelo lacio negro que le llegaba hasta su estrecha cintura, prominentes pechos, sus bien proporcionadas piernas y atractivos muslos dependían de las caderas mejor formadas que nos permite la imaginación, pareciera que le faltaban algunas costillas ya que tenía un encantador cuerpo de diosa de la mitología griega.

Anaibis poseía una dulce mirada, de sus carnosos labios salía una voz que deleitaba el oído. Este encanto de mujer era de modales afables pero de carácter firme, por sus venas corría sangre española, de esclavo africano, pero también la brava e indómita sangre del indio caribe.

Bucaneros, Filibusteros, Piratas y Corsarios

En septiembre del año 1629 los españoles, con una flota de 35 galeones de guerra, atacaron las islas de Barlovento de San Cristóbal y Nieves. La gran mayoría de sus pobladores eran franceses e ingleses, pero también se encontraban numerosos asaltantes y aventureros holandeses, muchos lograron escapar y se refugiaron en la despoblada zona al extremo noroeste de la Española, justo al frente de una pequeña isla llamada La Tortuga. Casi todos los nuevos habitantes se dedicaron a dos tipos de actividades: unos a cazar ganado silvestre, el cual era muy abundante en esa época, mientras que el otro grupo se dedicó a delinquir en el mar. Los primeros adoptaron una forma de vida sedentaria y establecieron un tipo de comercio cuyo principal artículo de trueque era el cuero. Este grupo eran llamados *Bucaneros*. Se cree que el origen de esta palabra proviene de "bucan", nombre que se le daba a un artefacto que usaban para asar la carne.

El otro grupo lo componían excelentes marinos, ex soldados, mercenarios y aventureros que se especializaron en el asalto en el mar aunque también practicaban el robo y secuestro en tierra. Sus botines se los repartían, dependiendo del rango que ostentaban, y crearon su base de operaciones en la Isla Tortuga. Estos maleantes fueron llamados *Filibusteros*, el origen de esta palabra puede ser "flibustier" que en francés significa asaltante. Al pasar el tiempo estos delincuentes fueron mejor conocidos como *Piratas*.

Durante la Edad Media los Monarcas otorgaban un documento a los alcaldes municipales mediante el cual el propietario tenía la autorización oficial de atacar barcos o poblaciones enemigas; este documento era conocido como "Patente de Corso" y su ejecución se puso muy de moda por los países desarrollados de Europa durante los siglos XV y XVI.

Las potencias navales otorgaban la autorización gubernamental a militares, miembros de la nobleza, acaudalados individuos o compañías privadas con el fin de conquistar territorios a nombre del país emisor; los portadores de estas patentes eran conocidos como *Corsarios* quienes, en la gran mayoría de los casos, actuaban como navegantes con licencia para piratear.

A partir de mediados del siglo XVI y entrado el XVII, el Caribe se convirtió en un verdadero campo de batalla donde se resolvían casi todos los conflictos que sucedían entre las potencias europeas, es por ello que algunas de las islas del arco antillano cambiaron varias veces de "madre patria" ya fuese por tratados, convenios o por invasiones de contraofensiva.

La Española fue una de las islas más afectadas ya que sufrió numerosos ataques de corsarios como el de John Hawkins en 1565, pero el más impactante se produjo el año 1586 cuando Francis Drake invadió la ciudad de Santo Domingo manteniendo secuestrada la población por espacio de un mes y causando uno de los saqueos más viles que recuerda la historia, todo amparado por el "corso" otorgado por la Reina Isabel de Inglaterra.

Durante las próximas décadas la isla fue atacada con regularidad por piratas, pero además, era frecuentemente asaltada por los bucaneros quiénes penetraban hasta las cercanías del Valle del Cibao, localizado en el centro noroeste de la isla, en busca de vacas cimarronas. Todas estas actividades mantuvieron muy ocupadas a las autoridades de la isla quienes para defender los ataques terrestres de piratas y corsarios crearon unas cuadrillas armadas compuestas por 50 diestros hombres a caballo.

Estos grupos fueron llamados "Las Cincuentonas". Sin embargo, estos esfuerzos no eran suficientes de modo que no nos resultaría sorprendente el abandono de que fueron víctimas muchas de las poblaciones de la Isla de Santo Domingo, debido a lo ocupadas que estaban las autoridades en la protección de otros intereses de mayor prioridad. La Reservación de los Indígenas y la Villa de Diego del Campo no fueron la excepción, los gobernantes españoles también se olvidaron de ellos.

Armada de Barlovento y ataques piratas

Los galeones españoles cargados de oro de México y el Perú no tenían otra alternativa de hacer su trayectoria hacia España por las aguas del Mar Caribe, de modo que el oro proveniente del Perú era transportado por tierra a través del istmo de Panamá hasta el Atlántico y de allí los galeones españoles comenzaban su travesía por el Mar Caribe y el Canal de la Mona.

Los metales preciosos de México eran transportados por tierra hasta ser cargados y embarcados por el Canal de Yucatán hasta la Habana, o uno de los puertos del norte de La Española.

Estas rutas de extraordinarios ricos botines resultaban un gran atractivo para los delincuentes del mar. Los continuos ataques y saqueos de los piratas y corsarios eran cada vez más frecuentes e intensos, a tal punto, que a mediados del siglo XVI la Corona Española se ve en la necesidad de construir nuevas embarcaciones de guerra o modificar algunos barcos comerciales, con el fin de defender sus territorios ultramarinos y asegurar las rutas interoceánicas entre España y sus colonias. El gobierno español decide crear una flota compuesta por buques bien armados, los cuales tendrían bases en las colonias españolas del arco antillano. Esta flota de guerra fue llamada *Armada de Barlovento*.

A principios de diciembre del año 1653 se acercaron cuatro barcos piratas a la costa noreste de la Española, cerca de la Reservación India y la Villa de Diego del Campo. Los habitantes de estas colonias creyeron que eran navegantes en busca de comercializar, de modo que se apresuraron a llevar las demandadas mercancías a los puntos de trueque, pero quedaron sorprendidos cuando de dos pequeñas embarcaciones de transporte comenzaron a desembarcar delincuentes y saqueadores piratas que de inmediato, como de costumbre, impusieron el terror a los pobladores, rápidamente cundió el pavor en la comunidad.

Guaroa, su esposa Anaibis y un grupo de indios se encontraban de cacería en las cercanas lomas, un muchacho de unos doce años de edad que había escapado logró avisarles de lo sucedido. Sin pérdida de tiempo el grupo de indígenas salió a la defensa de la población, al llegar al poblado numerosas viviendas habían sido incendiadas, el desorden reinaba por todas partes, se escuchaban gritos de terror, niños y mujeres corrían desesperados. Guaroa y su grupo tenían la ventaja que estaban a caballo y montaban muy bien, en seguida comenzaron a combatir a los delincuentes quienes batallaban con mucha destreza.

A la lucha contra los piratas se agregaron refuerzos de parte de Reliquiá, estos eran muy diestros en el uso de las armas blancas. Se establecieron peleas cuerpo a cuerpo, sucedieron numerosas muertes de lado y lado, pero los nativos lograron vencer a este grupo de delincuentes, aunque otros, en medio de toda la confusión habían logrado escapar luego de haber saqueado y secuestrado a un grupo de mujeres entre las que se encontraba Leilani, hermana de Anaibis.

Los piratas ya estaban listos para transportar sus presas y botín a las naves que esperaban a poca distancia de la playa, de repente sonaron unos cañonazos a la distancia. Unidades de la Armada de Barlovento se habían acercado vertiginosamente, una flotilla de 10 galeones atacaban los barcos piratas los que inmediatamente levaron anclas y trataron de huir. Los secuestradores estaban indecisos entre seguir con sus presas a las naves madres o regresar a tierra. Uno de los pequeños botes decidió regresar a tierra, el otro, que llevaba a las mujeres secuestradas, se quedó en el agua.

Gran sorpresa se llevó este grupo de maleantes al encontrarse con un puñado de aguerridos indios que con sus certeras flechas no les permitieron regresar, murieron todos los piratas. Los otros maleantes al ver que las naves madres estaban bajo intenso combate, decidieron rendirse y regresar a tierra donde fueron apresados por criollos que se habían unido a los indígenas.

Después de unas cuatro horas de persecución y combate sólo una nave pirata logró escapar, los certeros disparos de los galeones españoles lograron hundir una de las embarcaciones y capturar otras dos. Después de controlada la situación en el mar las tropas españolas desembarcaron y apresaron a los piratas que habían quedado en tierra.

Por los próximos días desembarcaron varios marinos y oficiales de la flota, y por primera vez tres grupos étnicos se unieron para celebrar. Disfrutaron de deliciosa comida, se bailó al ritmo de improvisadas melodías, se armonizó con los tambores africanos, los güiros de los indios y las armónicas de los españoles, en fin, todos celebraron el feliz desenlace de un rescate que pudo haber tenido un final muy desagradable.

Uno de los oficiales de la Flota de Barlovento se llamaba Darío García del Monte quien estableció una cordial relación con los líderes de las villas especialmente con Guaroa y su hermosa cuñada Leilani, de quien quedó locamente enamorado. Leilani, curiosamente soltera a sus 20 años, tenía unos encantos femeninos muy similares a los de su hermana mayor, era aficionada al canto, poseía voz de soprano y había quedado igualmente atraída por el joven galán Darío, quien ya le había prometido que regresaría por ella a la brevedad posible.

Isla de Santo Domingo, febrero de 1655

Desde mediados del siglo XVII España le había restado importancia a La Española y otras posesiones antillanas ya que sus riquezas no se podían comparar con los cuantiosos beneficios que les producían las colonias de México, Cartagena y el Perú, la Corona, para ahorrar recursos, decidió crear una institución militar llamada Capitanía General para que gobernara las colonias de menor importancia.

El Capitán General era la máxima autoridad militar, pero a la vez ejercía las funciones de Gobernador Civil. A finales del 1654 la máxima autoridad de La Española la ejercía Juan Francisco Montemayor de Cuenca, Capitán General de la Isla de Santo Domingo, aunque este título era interino ya que don Bernardino de Meneses Bracamonte y Zapata, Conde de Peñalva, había sido nombrado Gobernador y Capitán General de la isla, pero aún no había llegado a ocupar su cargo.

Desde principios de febrero del 1655 las autoridades españolas de la isla habían sido informadas sobre la presencia de la gran flota inglesa en la isla de Barbados, también tenían conocimiento del poderío militar así como también de los reclutamientos llevados a cabo en las islas adyacentes. Estos acontecimientos indicaban que el ataque inglés a La Española era inminente.

La ciudad de Santo Domingo se encontraba amurallada y estaba protegida por algunos fuertes o mini fuertes siendo los principales el Fuerte de Santa Bárbara, localizado cerca de la desembocadura del Río Ozama, y el Fuerte de San Gerónimo localizado en la costa sur de la República Dominicana, cerca de lo que hoy día es la Universidad Autónoma de Santo Domingo.

Montemayor de Cuenca contaba en ese momento con una guarnición de unos 50 hombres armados en la ciudad de Santo Domingo y con 15 soldados en el fuerte de San Gerónimo. El Capitán General sabía que con esta fuerza era prácticamente imposible enfrentar al poderío militar inglés, de modo que organizó una reunión oficial de emergencia. A esta reunión asistieron los generales Damián del Castillo, Juan de Morfa y el joven Teniente Darío Garcia del Monte, este último había llegado recientemente después de haber servido en la Armada de Barlovento. El encuentro fue muy extenso ya que se presentaron algunos documentos y pruebas irrefutables de que la gran invasión inglesa podía ocurrir en cualquier momento. Después de largas horas de deliberaciones se acordó la siguiente estrategia:

Primero: Pedir refuerzos y armamentos a la Capitanía General de la isla de Puerto Rico.

Segundo: Reclutar hombres dispuestos a enfrentar a los ingleses, pero de una forma muy discreta ya que no se quería alarmar a la población. Aun quedaba en la memoria de los de mayor edad el horrendo ataque del corsario inglés Francis Drake perpetuado unos 40 años antes.

Tercero: Ordenar a los oficiales de las cincuentonas para que se reportaran a la brevedad posible a la Ciudad. (Las cincuentonas eran grupos de 50 diestros lanceros a caballo que defendían la parte norte de la colonia del robo y saqueo de los bucaneros y filibusteros).

Cuarto: Pedir ayuda a Guaroa y Reliquiá. Esta fue la parte más controversial de la estrategia ya que encontró fuerte rechazo de parte de los Generales Del Castillo y De Morfa. Estos consideraban una humillación el pedir ayuda a indígenas y ex esclavos, pero el joven Teniente Darío García, quien tenía dotes de buen abogado, logró convencer a los demás sobre todo teniendo en cuenta el peligro en que se encontraban y la gran diferencia numérica entre españoles e ingleses.

Darío explicó como, un año antes, había conocido a Guaroa y Reliquiá en un enfrentamiento con unos piratas, expuso la gran destreza y el buen manejo de las armas de los indios, en especial, la extraordinaria habilidad con sus arcos y flechas, de igual modo hizo hincapié sobre el buen uso de las armas blancas que tenían los hombres de Reliquiá, sobre todo la valentía con que se enfrentaban a los enemigos. No nos queda la menor duda que mientras el joven teniente, elocuentemente convencía a los menos letrados generales, en su mente estaba el reencuentro con Leilani.

Ese mismo día el Capitán General contactó a Fray Belarminio de Toledo, misionero miembro de la orden de los dominicos quien había seguido los principios y lineamientos de Fray Bartolomé de las Casas (las Casas es considerado uno de los fundadores del derecho internacional moderno, gran defensor de los derechos humanos y en especial abanderado protector de los indígenas de América).

El Padre Belarminio acostumbraba a predicar el evangelio en los pueblos distantes que no poseían sacerdotes permanentes. Era muy querido y respetado por todos, en especial indígenas y ex-esclavos.

Al día siguiente el Teniente Darío García y el sacerdote de Toledo salieron a pedir ayuda a Guaroa y Reliquiá. Se tomaron como un día a caballo, al llegar, después de descansar, tomar un baño y comer, se reunieron con los líderes de ambas comunidades.

El Padre Belarminio explicó con lujos de detalles la peligrosa situación en que se encontraba La Española, enfatizó sobre las consecuencias funestas que conllevaría un dominio inglés. Algunos ex-esclavos interrumpieron y manifestaron su rechazo sobre cualquier dominio inglés o francés ya que habían sufrido en carne propia los crueles atropellos de los esclavistas. Los españoles siempre trataron a los africanos con mas suavidad, talvez porque nunca se dedicaron a la trata de esclavos.

Las deliberaciones tomaron horas. Guaroa no estaba convencido, era muy desconfiado y siempre pensó que podía ser despojado de sus tierras por lo que se oponía rotundamente a dar su apoyo.

El jefe indio argumentó diciendo:

___ ¿Cómo es posible que después de tantos atropellos, humillaciones, maltratos que hemos sufrido nosotros y nuestros antepasados... Maltratos de parte de ustedes los españoles... ¿Ahora nos vienen a pedir ayuda?... ¿Se olvidaron de la matanza de Jaragua?... ¿Se olvidaron de Anacaona?... ¿Se olvidaron de los crímenes de Higüey y Saona?... Yo recuerdo, siendo un niño, cuando mataron como a un perro a un tío abuelo mio... ¡No ombe no!... no cuenten conmigo... es más... yo no confío en los españoles, son unos traicioneros... ___

El teniente Darío García se vió en la necesidad de intervenir, tenía un gran reto por delante, no podía regresar a Santo Domingo sin lograr su objetivo.

El joven teniente hizo lujo de su elocuencia, primero dijo que entendía por qué Guaroa estaba en desacuerdo a la vez que reconocía el mal comportamiento de algunos de los conquistadores, enfatizó que algunos de los hechos señalados habían ocurrido hacía más de 150 años, que ya eso pertenecía al pasado; que los españoles no eran santos y que el trato a los indígenas era muy diferente a lo que había ocurrido en años anteriores. Alegó que cualquier acuerdo se respetaría en su totalidad ya que se hacía ante un sacerdote, dijo que él venía en representación de la máxima autoridad, Juan Francisco Montemayor de Cuenca, Capitán General de la Isla, y por ultimo, les juró que expondría su vida ante cualquier traición... Darío hizo una pausa, miró a su alrededor, como si tratara de adivinar el pensamiento de los presentes, y no satisfecho con la reacción continuó.

___ Hace como un año yo arriesgué mi vida al ver que unos crueles bandoleros saqueaban impunemente sus hogares y secuestraban a un grupo de indefensas mujeres… los que nos quieren invadir provienen del mismo país que esos piratas… hablan el mismo idioma que los piratas… tienen la misma religión que los piratas… NO CREEN EN LOS SANTOS… además les aseguro que serán tan crueles o peores que el grupo de asesinos que nosotros mismos combatimos… escuchen señores… hace sólo como cinco años que los ingleses sostuvieron una guerra allá, en su propia tierra, y se mataron más 50,000 entre ellos mismos… SON LOS MISMOS INGLESES QUE NOS QUIEREN INVADIR… ¿Se imaginan lo que pueden hacer con nosotros si entre hermanos se odian como el diablo y la cruz?… ¿Prefieren ustedes que los ingleses lleguen y los despojen de sus territorios… que violen todas las mujeres?… ¿Quieren ustedes que los sometan de nuevo a la esclavitud?… ¿O desean ustedes que los gobiernen ladrones que ni siquiera hablan nuestro idioma?… ___

Darío calló… Sobre aquel ambiente se sintió un silencio absoluto. todos bajaron la cabeza… nadie se atrevió a decir una palabra… los cuestionamientos los habían sorprendido… nunca antes nadie les había hablado con tanta elocuencia, con tanto conocimiento de causa,

El hábil teniente mantuvo su postura firme mirándolos a todos, pero sin fijarse en nadie… Sabía que había exagerado, pero necesitaba lograr su objetivo se había jugado todo por el todo.

Guaroa se levantó de su asiento e interrumpió el silencio pidiendo permiso para reunirse a solas con sus cinco cercanos colaboradores que le acompañaban.

Entre los cercanos colaboradores del Cacique se encontraba un señor de unos 65 años de edad, quien era muy respetado por todos los ciudadanos ya que se desempeñaba como maestro no sólo de niños sino que educaba también a los adultos, era conocido por todos como Don Onésimo.

Una vez reunidos en la parte trasera de la vivienda Guaroa dijo:

___ Don Onésimo, me gustaría escuchar de usted su consejo, antes de que yo tome una decisión, talvez impulsiva, que pueda ser incorrecta... Don Onésimo, ¿Qué usted me aconseja?___

Don Onésimo: ___ Guaroa, yo te conozco desde que naciste, y tú sabes lo mucho que yo te estimo, jamás te daría un consejo que no fuese apropiado... después de escuchar detenidamente al Teniente Darío García, quien creo que es un hombre serio, me puse a reflexionar sobre el refrán que dice: "más vale malo conocido que bueno por conocer". Si bien es cierto que los españoles nos han hecho mucho daño, pero ya los conocemos y últimamente no nos han molestado... los que puedan venir no sabemos en absoluto lo que harán con nosotros y ni siquiera hablan nuestro idioma... creo que debemos unirnos y combatir a los que nos quieren invadir..., pero tu eres el líder, lo que tu decidas, puedes estar seguro que todos te apoyaremos___

El Cacique se quedó pensativo y después de unos segundos le preguntó a los cuatro restantes colaboradores, cuál era su opinión. Todos expresaron en pocas palabras que estaban en total acuerdo con Don Onésimo.

Guaroa y el grupo regresaron al recinto de la reunión, allí todos esperaban ansiosos la respuesta del Cacique quien en seguida les dijo que sus fuerzas se unirían a la defensa de Santo Domingo, aunque con una condición, el acuerdo tenía que llevarse a cabo bajo un juramento indio, entre Reliquiá, el Padre Belarminio, el Teniente Darío y el propio Guaroa.

De acuerdo al ceremonial el "juramento indio" se debía efectuar en una colina durante la madrugada después del primer canto del gallo, antes de salir el sol.

Juramento Indio

Esa misma noche de luna llena, Guaroa había invitado a cinco de sus más cercanos colaboradores, lo mismo había hecho Reliquiá; se dirigieron a una loma cercana, encendieron una fogata y se sentaron a su alrededor, el sonido peculiar de los insectos nocturnos acompañaban las conversaciones, chistes y ocasionales carcajadas, los frescos vientos soplaban ligeramente, mientras que a la distancia se podía apreciar la extraordinaria belleza de la inmensa Península; durmieron muy poco; se la habían pasado conversando, fumando tabaco y tomando te de jengibre. Sólo el padre Belarminio se había quedado profundamente dormido y roncaba como un lirón.

Reliquiá ya había participado es este tipo de juramento ya que unos años antes había acordado con Guaroa que una ofensa o ataque a una de las poblaciones sería considerada como si fuese a los dos poblados. El líder de los ex-esclavos se mantenía sereno, se había tomado varios tragos de ron que había llevado en una pequeña botella y bromeaba de vez en cuando, sin embargo, tanto Darío como el Sacerdote no tenían la menor idea de lo que ocurriría.

Serían más o menos las cuatro de la madrugada cuando llegó el esperado momento, a la distancia se escuchó el primer canto de un gallo. Guaroa se paró, se dirigió cerca de la fogata, estaba muy serio, tenia unas típicas vestimentas indígenas, su mirada estaba fija hacia el horizonte, sus ojos no parpadeaban, parecía como si fuese otra persona. Todos los demás se pusieron de pies y formaron un círculo a su alrededor, el Cacique levantó sus brazos formando una X y mirando hacia el cielo, dijo así con inspirado acento:

--- "Hemos respetado por cientos de años nuestros principios y mandamientos de nuestros dioses indígenas que dicen: NO MENTIR, NO SER VAGO, NO ROBAR y RESPETAR A LOS MAYORES ---

Reliquiá levantó sus brazos en forma de X, se acercó al Cacique al tiempo que corporalmente invitaba al sacerdote y al teniente a hacer lo mismo.

--- Guaroa: "Ante la mirada de todos los dioses del universo juramos esta noche defender nuestra isla, hasta con nuestras propias vidas si fuese necesario, de la invasión de los ingleses o cualquier otra nación"---

Reliquiá, el Teniente y el Sacerdote repitieron lo mismo.

Guaroa: --- "También juramos la no traición entre nosotros y la defensa mutua de futuros ataques" ---

Reliquiá, el Teniente y el Sacerdote repitieron lo mismo.

Guaroa: --- "Este juramento es válido con el sello de nuestra sangre" ---

Reliquiá, el Teniente y el Sacerdote repitieron lo mismo.

Guaroa desenvainó un afilado cuchillo y se hizo una muy pequeña herida en la parte lateral de su bíceps derecho, luego le pasó el cuchillo a Reliquiá quien hizo lo mismo, el Sacerdote estaba temblando, el Teniente estaba firme pero nervioso, ambos incrédulos, después de unos segundos también se hicieron una pequeña herida con la punta del cuchillo.

El cacique indio se acercó primero a Reliquiá, luego al Sacerdote y, por ultimo al Teniente. Con cada uno frotó su ensangrentado bíceps, la ceremonia continuó hasta que todos por igual hicieran lo mismo. Después los cuatro mutuamente entrecruzaron sus antebrazos, dieron algunos pasos hacia atrás hasta quedar ténsamente sostenidos, talvez simbolizando la fortaleza de la unión, por espacio de dos minutos mantuvieron absoluto silencio, sus cabezas inclinadas al cielo y todos con sus ojos cerrados, reflexionaban en silencio.

Guaroa: ~~~ Dioses de los cielos no estoy seguro si tomé la decisión correcta para mi gente, pero creo que es mejor un malo conocido que un bueno por conocer. Lo que si les aseguro mis dioses es que yo todavía no confío en los españoles por todo lo que nos han hecho, pero les juro, mis dioses… que si estos españoles nos traicionan o nos engañan de nuevo los combatiré con toda la furia de mi corazón y no me detendrá nada ni nadie… se lo juro por todos mis antepasados. ~~~

Reliquiá: ~~~ San Miguel… yo nunca he sido muy religioso, pero siempre he sido tu fiel devoto San Miguel…te pido San Miguel… que me guíes por el camino correcto, San Miguel… yo sé que tomé la decisión correcta, San Miguel… mis abuelos siempre me decían lo mal que fueron tratados cuando eran esclavos de los franceses o ingleses, San Miguel… estos ingleses son los más malos que ha parido la tierra… ellos son los que nos vienen a atacar, San Miguel… son una partía de hijos de… no voy a decir malas palabras San Miguel, perdóname San Miguel… te prometo San Miguel, que si salimos victoriosos rezaré por ti todos los días… te lo juro San Miguel… ~~~

Teniente García: ~~~ Escúchame Señor, he participado en muchas batallas, Señor he matado en combate, perdóname si he pecado, te ruego que nos protejas a todos, blancos, indios, negros, mujeres, niños, militares, a todos sin excepción. Me he comprometido con esta gente a unir esfuerzos para luchar contra un fuerte enemigo, cumpliré mi promesa, pero te pido Señor que no nos abandones, en estos momentos más que nunca necesitamos Tu ayuda… Protégenos Señor. ~~~

Padre Belarminio: ~~~ Señor Padre Celestial… te pido perdón porque he sido pecador, aunque no fue mi intención pecar mediante el juramento en que participé, te pido perdón Señor, no encontré otra vía de proteger mi rebaño del endemoniado enemigo que nos acecha. Te pido tu protección divina, tú eres el único que podrás salvarnos del serio peligro que se nos avecina, danos fuerza y valor para enfrentar al terrible y fuerte enemigo que tendremos que enfrentar. Te lo pido en nombre del Padre, del Hijo y del Espíritu Santo, Amén. ~~~

 Después de varios minutos de absoluto silencio, Guaroa fue el primero en soltar a las dos personas de a su lado. La ceremonia había terminado. Todos bajaron lentamente de la colina y se dirigieron a sus hogares.

El Sacerdote y el Teniente fueron a la casa del Cacique, tomaron un descanso, luego salieron para Santo Domingo.

INVASIÓN DE PENN Y VENABLES

Viernes, 23 de abril de 1655

Temprano en la mañana el Capitán General de La Española, General Francisco Montemayor de Cuenca, fue informado de la presencia de 56 buques de guerra de la armada inglesa frente a lo que hoy se conoce como el Placer de los Estudios en la costa de Santo Domingo. Penn y Venables habían zarpado de Barbados y luego de reclutar soldados adicionales en San Cristóbal y Nieves, cruzaron por el canal de la Mona y, al llegar a la Española, contaban con 12,800 hombres y 150 caballos.

Montemayor de Cuenca ordena el patrullaje en toda la cercanía de la ciudad, por otra parte envía urgentemente un emisario para pedir los refuerzos de Guaroa y Reliquiá.

Para esta fecha ya habían llegado 200 soldados y armas desde Puerto Rico, además, desde Santiago de los Caballeros y La Vega ya se habían reportado 400 diestros lanceros de las cincuentonas.

Durante los dos últimos días fuertes vientos y violento oleaje tenían muy molesto al Almirante Penn, quien no conocía bien la geografía del área e ignoraba que las playas alrededor de Santo Domingo no eran muy profundas, lo que no le permitía acercarse mucho a las costas, sin embargo, se mantenía observando desde lo alto de su puesto de observación, con sus potentes telescopios, otras posibles vías de acercamiento o desembarco.

La idea de Penn era desembarcar el grueso de la infantería en un punto no muy alejado de su objetivo con el fin de llevar a cabo un ataque masivo a la ciudad, para el Almirante era de extrema importancia saber la localización de las tropas en tierra ya que parte de su plan de ataque consistía en cañonear la ciudad masivamente antes del desembarco de tropas, además, mediante esta estrategia podía tener mejor control de la comunicación y el abastecimiento de las tropas. Venables no compartía esta idea ya que estimaba que el ataque en tierra se debería llevar a cabo desde dos frentes opuestos y que, por lo tanto, se requerirían dos puntos de desembarque, cada uno con unos quince buques de apoyo. El General insistía que mediante el ataque de dos frentes el enemigo tendría que dividir sus defensas y esto favorecería su infantería.

Venables tenía conocimientos de la debilidad de su adversario, muy en especial la cantidad de soldados de la infantería española, por consiguiente, aseguraba que sus tropas tomarían la ciudad a más tardar en tres días sin necesidad de usar los cañones de las naves. La diferencia en la táctica de ataque causó de nuevo una acalorada discusión entre los dos generales, pero al final el Almirante Penn fue convencido que la estrategia de Venables, desde el punto de vista bélico, era la mejor alternativa.

Sábado, 24 de abril

En la ciudad de Santo Domingo y sus alrededores amaneció un día espectacular el cielo estaba totalmente despejado la brisa soplaba suavemente desde el noreste. Bien temprano en la mañana el almirante Penn salió en una pequeña embarcación a explorar personalmente los alrededores de uno de los puntos de posible desembarco de la invasión. La localización ideal debía tener los siguientes requisitos:

1.- Cerca de fuentes de agua potable.

2.- Playa o puerto natural que facilitara el desembarco de tropas.

3.- terreno adecuado para el establecimiento de un campamento de guerra.

En la Reservación India, aproximadamente a las 10:00 de la manana, Guaroa estaba listo para partir a la defensa de Santo Domingo, desde el día anterior había contactado a sus seguidores y contaba con 400 diestros guerreros, muy bien armados con sus respectivos caballos, muchos poseían arcabuces adquiridos por contrabando. También se encontraban en el grupo Anaibis y Leilani montadas en sendos hermosísimos caballos negros, anteriormente las damas habían pedido permiso para participar en la aventura, en un principio el Cacique se negó, pero ellas insistieron argumentando que tenían una deuda con el Teniente Darío García ya que le había salvado la vida a una de ellas.

Después de muchos ruegos e insistencias Guaroa cedió, él sabía el potencial que tenían estas dos mujeres, manejaban el arco y la flecha mejor que cualquier hombre, eran expertas nadadoras y sobre todo eran valientes tal como sus descendientes indios caribes.

Dos horas después de haber salido Guaroa salió Reliquiá acompañado de 500 hombres a caballos, la mayoría portaba arcabuces, los demás, armados de lanzas, machetes y cuchillos. Estos criollos, la mayoría descendiente de esclavos africanos, estaban acostumbrados a permanecer días enteros a la intemperie y sobrevivir bajo las peores condiciones atmosféricas del Caribe. Estos guerreros eran extremadamente hábiles y valientes. Algunas leyendas de su población decían que cinco de ellos se podían enfrentar contra 100 hombres cuerpo a cuerpo y salir victoriosos.

Al caer la tarde el Almirante Penn regresó a su nave Segunda Clase Swiftsure, esta se había convertido en el comando de la invasión, inmediatamente se reunió con el General Venables, Vice-Almirante William Goodson, Capitán-Bandera, Jonas Poole y unos cuantos oficiales de infantería. En esta reunión se acordaron los puntos geográficos donde se llevaría a cabo el desembarco de las tropas invasoras con suministros para una semana, además, quedó establecido la estrategia bélica a seguir por los próximos días.

Domingo, 25 de abril

Muy temprano en la mañana, en la desembocadura del río Ozama, muy cerca del hoy puerto de Haina en Santo Domingo, desembarcaron 3,000 soldados ingleses con 20 caballos para los oficiales de mayor rango, por otra parte, unos 6,000 soldados y 80 caballos se introducen por la desembocadura del río Nizao localizada en la costa sur de la República Dominicana a unos 60 kilómetros al oeste de la ciudad de Santo Domingo.

Siendo aproximadamente las nueve de la mañana llegaron a Santo Domingo Guaroa y Reliquiá con los refuerzos. Fueron recibidos por el Padre Belarminio y el Teniente Darío García quien los condujo al despacho del General Fuentemayor de Cuenca donde fueron informados de la situación de guerra en que se encontraba la Ciudad.

El Padre invitó a Leilani, quien era excelente cantante, para que acompañara al coro de la iglesia en una misa especial a llevarse a cabo ese domingo antes del atardecer en la Catedral Primada de América. (Este impresionante templo, cuyo nombre original fue Basílica Santa María la Menor, demoró 20 años en ser construido y se inauguró en el año 1541). La ceremonia religiosa dio inicio como a las 5 de la tarde, gran parte de la población se había dado cita para orar por el bienestar de la población, la iglesia estaba totalmente llena; se encontraban personalidades civiles y militares entre los que se destacaban el General Fuentemayor de Cuenca y su esposa, también estaban presentes Guaroa, Anaibis, Reliquiá y el Teniente Darío García.

El Sacerdote se dirigió a la congregación, dio lectura y habló sobre el Evangelio, nunca mencionó la situación crítica en que se encontraban, no quería alarmar la población, pero al mismo tiempo expresó palabras de confraternidad, aliento y esperanza.

Durante la comunión la coral, acompañados por Leilani y una monja que tocaba magistralmente el órgano, cantaron el Ave María. La voz de la soprano Leilani sobresalía con mucha intensidad, le ayudaba la buena acústica del templo. Nunca antes se había escuchado en aquella histórica basílica semejante voz, la entonación y afinidad era perfecta, el atónito público escuchó la canción como si cantara un ángel bajado del cielo.

Lunes, 26 de abril

Gran parte de las tropas invasoras eran personas militarmente indisciplinadas, ese día por la mañana muchos de los "soldados" estaban confundidos y desconocían quienes eran sus verdaderos jefes. Ya desde un principio del desembarco se habían presentado conflictos de desobediencia y desorganización, el personal de infantería estaba desmoralizado con la presencia de mercenarios inmorales cuyo único interés era el dinero.

Muy temprano por la mañana en el campamento del río Nizao un oficial inglés salió con tres soldados a explorar las cercanías ya que como es natural tenían muy poco conocimiento de la geografía del área.

Después de un recorrido como de dos horas el oficial se apartó del grupo y para su mala suerte se perdió desorientado en la maleza y cayó en manos de una de las patrullas de reconocimiento del General Fuentemayor. Después de un exhaustivo interrogatorio el oficial inglés dio un informe completo de la localización y del número de invasores que se encontraban en la isla.

Martes, 27 de abril

Una onda tropical azota con fuertes lluvias y vientos toda la zona sur este de La Española. Torrenciales lluvias cayeron sobre la Ciudad durante todo el día, truenos y relámpagos talvez vaticinaban los tormentosos días que se avecinaban. Debido a las condiciones meteorológicas los invasores se mantuvieron resguardados en sus campamentos, sin embargo, Guaroa y Reliquiá se reunieron con sus hombres y trazaron estrategias a seguir inmediatamente lo permitieran las condiciones del tiempo. Sus hombres, como todos los guerreros del Caribe, estaban acostumbrados a combatir en condiciones adversas y a sobrevivir las inclemencias del tiempo.

Miércoles, 28 de abril

Salen 100 lanceros de las cincuentonas y 100 hombres de Reliquiá al encuentro de los ingleses que habían desembarcado por Haina. Otros tantos son enviados al fuerte de San Gerónimo que se encontraba a mitad de camino entre Haina y la ciudad de Santo Domingo.

De igual modo, Guaroa con 100 de sus hombres se dirigen rumbo a la desembocadura del río Nizao donde se encontraba el campamento más distante de los invasores. El Cacique estaba enterado de la superioridad numérica de sus adversarios, de modo que había optado por atacar por sorpresa, sabía la localización exacta del campamento inglés. A eso de las ocho de la noche, cuando los ingleses menos lo esperaban, sorpresivamente fueron atacados con silentes, pero certeras flechas que salían desde la profunda oscuridad. El ataque duró unos cuarenta minutos, los ingleses no tenían la menor idea de donde provenía el ataque, cundió el desorden, algunos voceaban "nos están atacando", "tomen las armas" rostros de espanto, de terror. De repente se escucha el galopar de caballos que se alejan. La noche estaba muy oscura, la tierra aún estaba húmeda de las lluvias del día anterior, esto limitaba el movimiento en tierra, se escuchaban numerosos gemidos. Los ingleses lograron socorrer algunos de los heridos. Al amanecer los invasores encontraron muchos muertos por todas partes, había sido un ataque extremadamente rápido, pero devastador. Inmediatamente un oficial inglés envió un pequeño bote para informar a Penn y Venables, lo sucedido.

Jueves, 29 de abril

Los guerreros de las cincuentonas se levantaron bien temprano y se dirigieron hacia el campamento inglés de Haina, Reliquiá había acordado proteger la retaguardia.

El reloj marcaba las nueve de la mañana cuando uno de los capitanes de las cincuentona divisó una columna de unos 1000 soldados ingleses que se dirigían hacia la ciudad de Santo Domingo, solamente algunos oficiales montaban a caballo, por otra parte, los criollos todos montaban sus caballos.

Aproximadamente a las diez de la mañana se produce el primer encuentro, cuerpo a cuerpo, entre los invasores ingleses y los lanceros de las cincuentonas. Los aguerridos y valientes lanceros atacaron ferozmente a los ingleses quienes nunca antes habían enfrentado soldados que batallaran con tanta destreza y tenacidad. Fue una batalla feroz, los ingleses tenían la ventaja de que eran más numerosos, pero los criollos eran más hábiles y combatían con mas efectividad. Pasaron unos 30 minutos de combate cuerpo a cuerpo cuando de repente se aparece Reliquiá con su imponente figura al frente de sus 500 guerreros galopando a toda prisa y arremetiendo con tenacidad contra los ingleses. Los ingleses no pudieron contra los aguerridos criollos y optaron por huir despavoridos, murieron casi todos los ingleses de esta cuadrilla, varios heridos, muy pocos lograron escapar. Los criollos sufrieron muy pocas bajas y muy escasos heridos.

Viernes, 30 de abril

Tanto Penn como Venables, desde antes de la invasión, tenían la creencia de que las fuerzas españolas se rendirían sin hacer resistencia dada la magnitud de su infantería, sin embargo, en vista de la fuerte arremetida en contra de las tropas inglesas el Almirante Penn decide cambiar las tácticas de ataque y convoca a una reunión de emergencia con el general Venables y varios oficiales.

La reunión tardó unas dos horas y de ella salió un nuevo plan invasor el cual consistía en que 10 de las naves de mayor alcance se acercarían lo más posible a Santo Domingo con el fin de cañonear insistentemente y después de este ataque las tropas en tierra de Haina y Nizao avanzarían masivamente para tomar la Ciudad.

Por espacio de 12 horas los cañones ingleses no pararon de disparar, pero afortunadamente algunas escasas balas lograron su objetivo, ni siquiera los potentes cañones de proa y popa lograron llegar, era mucha la distancia entre la ciudad y las naves, sin embargo, esto amedrentó a gran parte de la población de la ciudad quienes salieron con sus pertenencias y corrieron a los campos aledaños.

Este nuevo fracaso estratégico tenía sumamente preocupados y molestos a los Generales Penn y Venables, nunca antes en sus carreras militares habían enfrentado tantos frustrados acontecimientos.

Sábado, 1 de mayo

Temprano por la mañana se reunieron Guaroa, Reliquiá y el Teniente Darío García con el fin de trazar la próxima estrategia de ataque sorpresivo contra las fuerzas invasoras. Guaroa explicó que la noche del ataque pudo avistar tres pequeñas embarcaciones que servían para el transporte de provisiones y al mismo tiempo como medio de comunicación. El Cacique indicó que sería un duro golpe al enemigo si se lograra inhabilitar esas embarcaciones, y que para ello el tenía en mente un plan. Su estrategia consistía en acercarse lo más posible a las embarcaciones y lanzarles flechas incendiarias, pero para ello tenían que atravesar a nado una pequeña bahía en la que se encontraban resguardadas las naves. Después de algunas deliberaciones se acordó llevar a cabo el plan de Guaroa.

Antes del atardecer salieron Guaroa, Reliquia, Anaibis y Leilani acompañados por unos 50 hombres muy bien armados. Ya entrada la noche, muy oscura por cierto, se encontraban como a un kilómetro de las embarcaciones, éstas se encontraban ancladas a poca distancia del campamento inglés, pero resguardadas por altos acantilados. La única forma de poder sabotear las naves era llegando a ellas a nado desde los acantilados.

Solamente Anaibis o Leilani serían capaces de hacer la travesía, pero ya esto formaba parte del plan. Ambas mujeres se lanzaron al agua, llevaban arcos, flechas y combustible en botellas muy bien cerradas. Tardaron unos veinte minutos en el agua y se acercaron a las embarcaciones sin ser avistadas. Sólo dos marinos vigilaban los botes, sigilosamente encendieron flechas y las lanzaron a cada una de las naves, aparentemente los vigilantes dormían ya que tardaron varios minutos antes de que se oyeran voces de auxilio, pero ya era tarde, las tres naves ardían intensamente, no dio tiempo a que recibieran ayuda de los soldados del campamento, mientras esto sucedía las intrépidas mujeres regresaban a la orilla de uno de los acantilados donde Guaroa, Reliquiá y los demás esperaban.

Domingo, 2 de mayo

Entre la ciudad de Santo Domingo y Haina había un fuerte llamado el Fuerte de San Gerónimo. Esta fortaleza había sido construida con el fin de proteger la Ciudad de futuros ataques como el llevado a cabo en el 1586 por el corsario inglés Francis Drake.

El fuerte estaba bajo el mando del General Damián del Castillo y, por los general, contaba con unos 50 soldados regulares, pero días anteriores habían llegado unos 200 criollos adicionales adiestrados a combatir, junto a las cincuentonas, a los ladrones filibusteros del norte de la isla.

Aproximadamente a las 11 de la mañana se acercó a la puerta del fuerte uno de los centinelas a caballo e informó al general Del Castillo que una numerosa columna de soldados ingleses se acercaba al fuerte, de inmediato el general mandó a informar al Capitán General Fuentemayor sobre el inminente ataque.

A partir del mediodía el cielo se fue oscureciendo hasta quedar totalmente cubierto de grises nubes causando una copiosa lluvia, lo que motivó que las tropas invasoras detuvieran el avance.

Lunes, 3 de mayo

El día amaneció totalmente despejado, el sol brillaba intensamente, desde muy temprano las tropas inglesas habían reanudado el avance hacia el Fuerte de San Gerónimo.

Aproximadamente a las 10 de la mañana las fuerzas invasoras se encontraban a poca distancia del fuerte cuando se produce el primer intento de ataque invasor el cual fue contundentemente repelido por los criollos. Los ingleses regresaron a su posición original y se mantuvieron a la expectativa, aparentemente este fue un ataque para "tomar el pulso" de la resistencia.

Serían como las 11 de la mañana cuando se produce otro intento para la toma del fuerte, esta vez las tropas fueron más numerosas y agresivas, los criollos de nuevo se defendieron con heroísmo, sin embargo, esta vez sufrieron numerosas bajas. Aparentemente el plan de los oficiales ingleses consistía en ataques esporádicos con el fin de poco a poco causar bajas hasta lograr la rendición.

De nuevo otro ataque, esta vez con todo el grueso de las tropas inglesas se produce como a la una de la tarde, los oficiales ingleses habían decidido jugársela el todo por el todo y el ataque fue muy feroz, la numerosidad de los invasores estaba causando cuantiosas bajas a los criollos.

Faltaba muy poco para que el fuerte de San Gerónimo cayera en manos de los invasores cuando un fuerte contingente liderado por el general Juan de Morfa, acompañado por el teniente Darío García y grupos de Reliquiá y Guaroa llegaron todos a caballo y se da comienzo a la batalla más sangrienta que hasta el momento registra la historia de la República Dominicana.

Aunque los defensores españoles y nativos sufrieron notables bajas, la agresividad y destreza de los enfurecidos criollos nunca antes habían causado tantas bajas al enemigo, ahora el campo de batalla lucía como una obra dantesca, mucha sangre, muchos muertos, caballos agonizando, cuerpos humanos mutilados por todas partes.

Ante este sorpresivo contraataque los invasores que quedaron vivos, no les quedó otro camino que abandonar el ataque y correr desesperadamente para "salvar su pellejo".

Martes, 4 de mayo

Las tropas inglesas estaban muy sorprendidas por la inesperada resistencia de los criollos, los invasores estaban muy desmoralizados por las consecutivas derrotas. Muchos soldados estaban dispuestos a rendirse antes de participar en otra batalla, inclusive algunos oficiales secretamente compartían esta idea.

Se habían cometido muchos errores en la forma que se organizó la invasión, uno de los principales fue el desembarco por Nizao ya que este punto está muy distante de la ciudad de Santo Domingo, por otra parte la desorganización y desmoralización del personal de infantería, la mala alimentación y la calidad de agua potable fueron las causas de que muchos de los soldados ingleses se enfermaran, además, las inclemencias del clima tropical, en especial las lluvias y el calor de mayo, causaron que un gran número de invasores fuesen afectados de malaria.

A todo lo anterior se debe añadir que, según leyendas, los soldados ingleses le tenían terror a los cangrejos y a los insectos luminiscentes del trópico.

En tan sólo 9 días las fuerzas invasoras inglesas contaban con 2,500 soldados muertos y unos 800 heridos, enfermos o desaparecidos, Penn y Venables habían perdido casi la tercera parte de su infantería en tierra.

Aproximadamente a la una de la tarde Penn y Venables se reúnen y toman la decisión de enviar pequeñas embarcaciones a recoger toda las tropas invasoras que se encontraban en los campamentos de Haina y Nizao.

Miércoles, 5 de mayo

Temprano en la mañana la armada naval de Penn y Venables leva anclas y se alejan de las costas de Santo Domingo. Nunca antes ni la fuerzas armadas ni la nueva armada naval del Protector Oliverio Cromwell habían sido derrotadas.

Los españoles, indios y criollos de Santo Domingo habían derrotado a la armada naval más poderosa del universo.

EPÍLOGO

Es justo reconocer el extraordinario aporte histórico hecho por los heróicos combatientes que derrotaron a las huestes inglesas en la invasión de Penn y Venables. Si La Española hubiese caído ante los británicos, lo más probable es que todas las demás conquistas en la agenda de Cromwell hubiesen sido logradas como un efecto dominó.

Con la ocupación de la Isla de Santo Domingo el Protector hubiese establecido su primer centro de comando fuertemente armado en la isla, luego seguiría la toma de las demás Antillas Mayores, asegurando el control de las rutas marítimas del Caribe, consecuentemente la conquista de la colonia de Cartagena, el Virreinato del Perú y el Imperio Mejicano, sería cuestión manejable por medio de buenas estrategias militares.

Sin la victoria obtenida por españoles y criollos contra Penn y Venables, la historia de América sería diferente: el idioma oficial de la mayoría de los países latinoamericanos sería inglés. Talvez Miguel Hidalgo y Costilla no hubiese lanzado el Grito de Dolores en México, o quizás, Simón Bolívar nunca hubiese liberado 5 países suramericanos. Imaginemos a Quisqueya sin Duarte, Cuba sin Martí o a Thomas Jefferson sin haber tenido la oportunidad de anunciar, el 4 de Julio del 1776, la Declaración de Independencia los Estados Unidos de Norte América.

El autor

BIBLIOGRAFIA GENERAL

Ashley, Maurice, Cromwell, Prentice-Hall Inc. New Jersey, USA, 1969.

Bosch, Juan. Obras Completas.
Narrativa Tomo I, Indios. Apuntes Históricos y Leyendas.
Textos Histórico-Sociales Tomo V
Editora Corripio CxA, Santo Domingo, RD, 1991.

Durant, Will and Ariel, The Story of Civilization, The Age of Louis XIV, Simon and Schuster, New York, 1963

Fraser, Antonia. Cromwell: The Lord Protector. Alfred A. Knopf Inc. New York, USA, 1973.

Moya Pons, Frank, Manual de Historia Dominicana. Editora Buho, C x A, Santo Domingo, RD, 2008

Peguero, Valentina y De los Santos, Danilo. Visión General de la Historia Dominicana. Editora Corripio CxA, Santo Domingo, RD, 1983.

Rodríguez Pereyra, Miguel Angel. Esbozos de mi Patria, Conceptos Históricos. Editora Educativa Dominicana, Santiago, RD, 1978.

Wedgwood, C.V., Oliver Cromwell. Barns & Noble Books, USA, 1994.